레아

레아

제1판 제1쇄   2022년 11월 22일

지은이   김혜정
펴낸이   이광호
주간   이근혜
편집   박지현 홍근철
마케팅   이가은 허황 이지현 맹정현
제작   강병석
펴낸곳   ㈜**문학과지성사**
등록번호   제1993-000098호
주소   04034 서울 마포구 잔다리로7길 18 (서교동 377-20)
전화   02) 338-7224
팩스   02) 323-4180(편집)   02) 338-7221(영업)
대표메일   moonji@moonji.com
저작권 문의   copyright@moonji.com
홈페이지   www.moonji.com

© 김혜정. 2022. Printed in Seoul, Korea.

ISBN 978-89-320-4090-5 43810

레아

김혜정 소설집

문학과지성사

차례

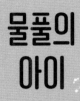

물풀의
아이

버스에 오른 뒤 10여 분이 지났다. 린영과 나는 나란히 앉아 각자 생각에 잠겨 있었다. 여느 때라면 벌써 종알거렸을 린영이었다. 나는 린영을 힐끗 쳐다보았다. 감정이라고는 한 톨도 실리지 않은 표정이었다. 해맑은 표정을 기대한 것은 아니었는데 가슴이 알알했다. 초등학교 6학년, 어리다면 어린 나이다. 얼굴도 모르는 생모를 만나러 가는 길이니 그 마음이 오죽할까. 먼저 말을 거는 게 망설여졌다. 린영이 무슨 말이든 해주기를 기다리는 수밖에 없었다. 연인으로 보이는 옆자리 승객들의 속삭이는 소리가 들려왔다. 같은 길 위, 서로 다른 마음 길이었다. 그들의 목소리에 린영의 음성이 섞여들었다.

"언니는 집이 좋아, 기숙사가 좋아?"

린영은 내가 특목고에 진학해서 기숙사에 들어간 걸 못마땅해했다. 집을 떠난 지 석 달 만에, 재량 휴업일 기간이 되어서야 집에 온 것도 그랬다. 그렇다고 해도 뜬금없는 질문이었다.

"당근 집이 좋지."

"왜 좋아?"

"너도 있고 엄마랑 아빠도 있잖아."

"치, 나랑 안 놀아주려고 도망간 거면서."

"내가 그랬나?"

"뭐야?"

"근데 왜 새삼스럽게 그런 걸 물어보고 그래?"

"그냥."

"싱겁긴."

"난 공부 못하니까 기숙사 있는 학교에 갈 일은 없겠지?"

다른 때 같으면 장난스레 입꼬리를 늘였을 린영인데, 입가에 헛웃음만 걸렸다.

"근데 지금 몇 시야?"

린영은 꼬고 있던 다리를 풀며 물었다.

"휴대전화 보면 되잖아."

"그냥 언니가 봐주면 안 돼?"

나는 10시 10분이라고 말해주었다. 린영은 처음부터 시간이 알고 싶었던 건 아닌 듯했다. 시큰둥한 표정으로 창밖을 향해 눈을 돌렸다. 나도 덩달아 창밖을 내다보았다.

구름 한 점 없는 하늘이 오히려 비현실적으로 보였다. 느릿느릿 달리는 버스들이 마치 허공을 떠가는 느낌이었다. 문득 버스가 아니라 비행기나 우주선을 탄 것 같은 착각이 들었다. 이따금 내가 지구 밖 저 먼 우주에서 왔을지도 모른다는 기분에 사로잡히곤 했다.

"또 날파리가 보여."

린영의 날파리 타령은 한번 시작되면 쉽게 그치지 않았다. 린영이 처음으로 날파리를 본 것은 지난겨울, 눈이 펑펑 온 날이었다. 린영은 연락도 없이 밤늦게 들어왔다. 학원도 빼먹고 어디를 다녀왔느냐고 해도 입을 열지 않았다. 얼이 빠지면 그럴까, 눈이 텅 비어 있었다. 부모님은 무언가를 가늠한 듯 얼른 들어가 쉬라고 했다. 사춘기에 접어들었으니 말하고 싶지 않은 것도 있겠지 싶어 나도 넘어갔다. 그런데 방에 들어가자마자 눈에 날파리가 들어왔다고 소리쳤다. 겁에 질린 목소리였다. 나중에는 날파리가 사라지지 않는다며 발을 동동 굴렀다.

응급실로 달려갔으나 다음 날 안과 전문의 진료를 받아보라는 안내만 받았다. 안과 의사는 그런 증세가 눈 속에 부유 물질이 떠다니는 것처럼 보이는 비문증이며, 노화의 일종이라고 했다. 하지만 어린아이에게 왜 그런 증상이 나타나는지 정확한 원인은 알 수 없고, 익숙해지면 문제가 없다는 진단이었다. 문제는, 그날 이후 린영이 날파리에 집착한다는 거였다. 어떤 날은 몇 마리에 불과하지만, 어떤 날은 눈앞이 온통 날파리라고 했다. 드물게는 날파리 때문에 앞이 안 보인다고 펄쩍 뛰기도 했다. 어쩌면 그건 마음에서 오는 게 아닐까. 마음속 응어리가 그런 걸 불러내는지도 몰랐다. 부모님도 그쪽에 무게를 두었다. 주기적으로 안과에 가기는 하지만 치료가 되고 있는지는 알 수 없었다.

"언니, 우리 거기 말고 다른 데 가면 안 돼? 여기저기 돌아다니면서 맛있는 거나 사 먹자. 원래 그러기로 했잖아."

학기가 시작된 뒤 린영이 재량 휴업일을 기다렸다는 것은 알고 있었다.

"그건 그런데, 기다리실 거야."

나는 마땅한 호칭이 떠오르지 않아 주어를 빼고 말했다.

"만나면 뭐 해, 할 말도 없는데."

린영은 말한 뒤 윗니로 아랫입술을 지그시 눌렀다.

"막상 만나면 다를 거야."

"언니라면 만나러 가고 싶겠어?"

"난…… 만날 수가 없잖아."

나는 질문과 동떨어진 대답을 하고 린영을 바라보았다.

다섯 살 때 부모님은 친척 결혼식에 다녀오다가 교통사고로 돌아가셨다. 아빠가 운전한 차에 셋이 탔는데, 차가 논두렁에 처박혔다. 애는 살아 있어요. 기적이네요. 얼른 병원으로 옮겨요…… 그렇게 구조된 뒤 바로 기절했다. 부모님의 장례식이 끝나고도 1주일이 지난 다음에야 깨어났다. 퇴원 후 한 달 동안 친척 집을 전전하다가, 결국 나를 맡겠다는 사람이 없어서 보육원으로 보내졌다.

무심코 한 말인데 린영은 잘못 질문했다고 여기는 눈치였다.

내가 대답을 바꾸어야 한다는 걸 알 수 있었다.

"만날 수 있다면 만나야지. 만날 수 없는 것과 만나지 않는 건 다르잖아."

"차라리 만날 수 없는 게 더 나을 것 같아."

"그런 말이 어딨어?"

"언니는 부모님 돌아가시고 나서 어땠어?"

"글쎄……"

처음에는 부모님을 더 이상 볼 수 없다는 게 믿기지 않았다. 아무리 기다려도 오지 않는다는 걸 알게 되었을 때는 이미 보고 싶다는 마음도 흐릿해져 있었다. 그러다가 차차 사라졌다. 정말 사라진 것인지, 스스로 감정을 속이고 있는 것인지 알 수 없지만.

"추억은 남아 있잖아."

나는 고개를 끄덕였다.

부모님 손을 잡고 놀이공원에 가고, 함께 크리스마스트리도 만들었다. 아빠와 자전거도 타고, 기르던 강아지가 죽었을 때는 다 같이 뒷동산에 묻어주기도 했다.

너무 어렸던 탓인지, 머릿속에 남아 있는 장면은 몇 되지 않았다. 그것조차 기억이 끊기거나 더 나아가지 않았다. 그런 일들이 정말 있었는지도 의심스러울 때가 있었다. 기억이라는 건 시간 속에 묻혀 사라지는 것인지도 몰랐다. 1년 남짓 지낸 보육원에서의 기억도 어렴풋이 남아 있을 뿐이다. 어린이날이나 명절 때면 사람들이 찾아왔고, 나는 그들이 곧 돌아가리라는 걸 알고 있었다. 다른 아이들처럼 재롱을 부리기는커녕 구석진 곳으로 숨어들었다. 친구들과도 어울리지 못했다. 어떤 것이 딱히 좋지도 싫지도 않았다. 물론, 어떤 경우에도 기쁨이나 슬픔을 느끼지 못했다. 그저 여기서 쫓겨나지 않으려면 말썽 부리지 말아야지, 생각했던 것 같다.

보육원에 자주 찾아오던 부부가 부모님이 될 거라는 말을 들었을 때도 무덤덤했다. 그분들은 늘 미소를 띠었고 자상했다. 그런 분들과 가족이 되는 건 운이 좋은 거라고, 모두가 축복해주었다. 친구들은 부러워했고 심지어 질투도 했다. 그때도 나는 말을 잘 들어야지, 하는 생각뿐이었다. 그런데 11년 전 처음으로 집에 온 날의 기억만은 생생하다.

대문을 통과해 집에 막 들어섰을 때 바람이 뺨에 와 닿았다. 간질간질한 감촉이 좋았다. 때맞추어 화단의 나뭇잎들이 살랑거렸다. 연둣빛, 나는 그게 바람의 색깔이라고 생각했다. 그날 저녁 부모님은 나를 환영하는 파티를 열었다. 우리 이쁜 천사가 어떻게 여기에 왔지? 엄마가 내 볼을 어루만지면서 말했다. 연둣빛 바람이 데려다줬어요. 왜 그런 말이 튀어나왔는지 알 수 없었다. 우리 희야가 당신 닮았나 봐. 벌써 시를 쓰는걸. 내 딸이니까 나를 닮은 건 당연하지. 엄마가 활짝 웃으며 꼭 안아주었다. 순간, 이 집에서는 오래 살 수 있겠구나, 하고 생각했다.

한동안 침묵을 지키던 린영이 말문을 열었다.

"딱 한 번만이라도 보고 싶었어. 어떤 사람인지 알고 싶어서.

근데 막상 만나려니까……"

린영은 말을 채 잇지 못했다.

"내가 너였더라도 그런 기분이었을 거야."

"버릴 땐 언제고 이제 와서 찾는 건 또 뭐냐고! 버릴 거면 낳지 말았어야지."

그러지 않으면 안 되는 사정이 있었을 거라고, 버린 게 아닐 거라고 말해주고 싶었다. 그 말을 하는 대신 린영의 손을 잡았다. 린영은 뭔가 더 말하려다 말고 창밖으로 눈을 돌렸다. 나는 눈을 감았다.

얼마쯤 지났을까, 린영이 내 팔을 잡고 흔들었다.

"언니, 자?"

"응."

"자는 사람이 어떻게 말을 해?"

"그러네. 근데 왜?"

"얼마나 더 가야 돼?"

"아직 많이 남았어. 너, 어제 잠 못 잤잖아. 조금 자봐. 몸 상태에 따라 기분도 달라지니까."

린영은 내 말에는 대꾸도 하지 않고 얼마나 더 가야 하느냐고 또 물었다. 나는 두 시간쯤 남았는데, 곧 휴게소에 들를 거라고 했다.

"휴게소에서 내릴 거야?"

"응. 화장실에도 가야 하니까."

한동안 창밖만 내다보고 있던 린영이 내 쪽으로 고개를 돌렸다.

"만나면 무슨 말을 해야 할까?"

"할 말 없으면 안 해도 돼. 만난다고 꼭 무슨 말을 해야 하는 건 아니니까."

"할 말이 너무 많을 것 같았는데, 이상해. 머릿속이 하얘."

린영은 내가 무슨 말이든 더 해주기를 기대하는 눈빛이었다. 하지만 내가 무슨 말을 하더라도 위로가 되지는 않을 거였다. 어차피 린영이 부딪쳐야 할 일이었다.

"내가 너였어도 그랬을 거야."

"휴게소까지 얼마나 남았어?"

"10분 정도. 왜, 화장실 가고 싶어?"

"아니, 그냥."

그냥,이라고밖에 말할 수 없는, 까닭도 맥락도 없는 말들이 가슴을 지그시 눌렀다.

이번에는 린영이 내 손을 잡았다. 작고 가느다란 손 어디에서 그런 힘이 나올까 싶을 정도로 악력이 셌다. 린영의 숨이 내 몸으로 스며드는 느낌이었다. 함께 욕조에서 물장구치고, 이마를 맞대고 젖꼭지를 툭툭 건드렸을 때처럼. 이불 속에서 간지럼을 태우고는 서로의 배꼽에 손을 얹었을 때도 그랬다.

버스가 휴게소에 도착했는데, 린영은 내릴 마음이 없는 표정이었다. 내리지 말까? 하고 물었다. 말이 채 끝나기도 전에 린영이 벌떡 일어섰다. 버스에서 내리자마자 나는 버스 번호와 행선지를 확인했다. 린영도 옆에 서서 버스 번호를 외는 듯 웅얼거렸다.

휴게소는 활기차 보였다. 간식을 파는 상점마다 사람들이 줄지어 있었다. 이렇게 많은 사람들이 어딘가를 향해 가고 있다는 게 약간 놀라웠다. 모두 어디로 가는 것일까. 가고 싶어도 가지 못하는 곳이 있듯이, 가기 싫어도 가야만 하는 곳도 있을 터였다.

"뭐 좀 먹을래?"

린영은 어묵과 소시지를 가리켰다.

"화장실은?"

린영은 고개를 저으며 얼른 버스에 타자고 했다. 버스가 우리만 남겨두고 떠날 것 같다고. 순간, 왠지 그래야만 할 것 같았다. 불안은 전염성이 강했다.

버스에 오르자마자 린영은 소시지를 베어 물었다. 나에게도 내밀었지만 나는 고개를 저었다. 린영은 순식간에 어묵까지 먹어 치우고는 얼마나 더 가야 하느냐고 또 물었다. 금방 간다고 대답하니, 두 시간이 금방이냐고 되물었다. 세 시간보다는, 하고 말하자 차가 막힐 수도 있지 않느냐며 되받았다. 대화라기보다 시간을 때우기 위한, 그저 말을 위한 말이었다. 부모님과 함께 왔다면 이렇지 않았을까. 린영과 내가 집을 나서는 순간까지 부모님은 우리도 같이 가는 게 어떻겠니? 하고 물었다. 린영은 나와 단둘이 가겠다고 했다. 나도 그게 좋겠다고 생각했다. 오랜만에 둘이 있고 싶기도 했고, 무엇보다 린영의 생각을 존중하고 싶었다. 내가 기숙사에 들어가기 전까지만 해도 린영과 나는 늘 붙어 다녔다.

껌딱지. 우리에게 붙은 별명이었다. 물론, 처음부터 그랬던 건 아니다.

8년 전, 내가 아홉 살 때 다섯 살 린영이 집에 왔다. 그날따라 하늘에 뭉게구름이 가득했다. 린영은 구름 속에서 막 걸어 나온 아이 같다고나 할까, 볼이 통통하고 피부가 보송보송했다. 나는 양팔을 벌려 린영을 맞았다. 그런데 린영이 뒤로 물러섰다. 커다란 눈을 반쯤 내리뜬 채 눈을 맞추려고 하지 않았다. 부모님과 내가 보육원에 봉사를 다녔을 때의 모습과는 딴판이었다. 집 안을 둘러보고 밥을 먹는 동안에도 마찬가지였다. 잠잘 시간이 되어 우리는 내 방으로 들어갔다. 린영은 벽에 기대어 웅크리고 앉은 채 꿈쩍도 하지 않았다. 침대로 이끌자 내 팔을 거세게 뿌리쳤다. 눈빛이 레이저를 쏘아대는 것처럼 날카로웠다.

나는 멈칫했다. 동생을 갖게 해달라고 부모님을 조른 건 나였다. 동생이 올 거라는 말을 들었을 때는 몸이 공중으로 떠오르는 기분이었다. 그런데 첫날부터 삐거덕거렸다. 동생이 생기는 건 쉬운 일이 아니구나 싶었다.

그 뒤로 린영은 부모님에게 멍 든 몸을 보여주며 언니가 꼬집었다, 넘어뜨렸다는 식으로 거짓말을 일삼았다. 그럴 때의 눈빛은 오히려 무구해 보이기까지 했다. 수시로 내 물건들을 감추고 부모님 앞에서는 아닌 척 시치미를 떼었다. 물건이 린영의 가방에서 나왔을 때마저 누명을 씌운다고 펄쩍 뛰었다. 그뿐만 아니라 장난감과 옷, 신발을 거칠게 다루었다. 산 지 얼마 안 되는 것들을 다시 사야만 했다. 그것들을 낡게 만들려고 작정이라도 한 듯했다. 일부러 넘어져서 다치는 일도 부지기수였다. 부모님은 입양 가족이나 상담 센터를 찾아다녔다. 모든 걸 린영의 입장에서 생각해보자꾸나. 과하게 보살피는 게 오히려 역효과를 불러일으키기도 한다니까 조심조심 다가가는 게 좋을 것 같다고.

나는 린영이 뭔가를 먼저 물어올 때가 좋았다. 바람은 왜 부는 거야? 불고 싶어서 불지. 사람도 울고 싶으면 울잖아. 물고기는 왜 눈을 뜨고 자? 보고 싶은 게 많아서 잘 때도 보려고 그러는 거야. 나는 떠오르는 대로 대답했다. 그럼 눈은 왜 오는 거야? 겨울에는 추우니까 세상을 포근히 감싸주려고…… 그런 이야기를 하다가 린영이 나와 눈을 맞추었다. 어두운 방에 불이 켜진 느낌이었다. 어느 날 밤, 목이 말라 잠에서 깼는데 린영이 가슴에 머리를 묻은 채 한쪽 팔다리를 몸에 두르고 있었다. 누군가가 내 품에 안겨 있다는 게 그렇게 좋을 수 없었다. 아침까지 그 자세로 꼼짝않고 누워 있었다. 그 뒤로는 린영이 무슨 말을 해도 어떤 행동을 해도, 설령 상처를 주어도 말없이 꼭 안아주었다.

언제부터인지 린영은 나를 졸졸 따라다녔다. 차차 거짓말도 하지 않고 내 물건을 감추지도 않았다. 물건을 조심히 다루는 것은 물론, 부러 넘어지지도 않았다. 어떻게 그렇게 된 것인지 딱히 이유는 알 수 없었다. 어쩌면 그것은 서서히 일어나는 바람과 같은 게 아니었을까. 우리는 차차 닮은꼴이 되어갔다. 말할 때 말꼬리를 늘인다든지, 팔자걸음을 걷는다든지, 왼손도 곧잘 쓰는 소소

한 것들. 누가 자매 아니랄까 봐,라는 말을 들으면 서로 눈을 마주치고 웃었다. 내가 기숙사에 들어간 뒤 린영은 이틀을 꼬박 앓았다고 했다.

사흘 전 저녁, 기숙사에 있는데 휴대전화가 울렸다. 엄마였다. 린영의 생모가 린영을 찾는데 같이 가주지 않겠느냐고 부탁하듯 말했다. 닷새 동안의 재량 휴업일이 이틀 앞이어서 린영과 여기저기 돌아다니며 실컷 놀 생각으로 들떠 있던 차였다. 엄마의 느닷없는 제안에 나는 얼떨떨했다. 린영은 생모와의 만남을 거부했다. 부모님이 같이 가주겠다고 해도 막무가내였다. 그런 린영을 부모님이 1주일 남짓 설득한 모양이었다. 희야 너랑 가면 가겠다지 뭐니. 나는 얼른 그러겠다고 했다.

"나 게임해도 돼?"

다른 때 같으면 눈에 안 좋다고 말렸겠지만, 나는 고개를 끄덕였다. 린영은 곧 휴대전화에 눈을 두었다. 그러나 막상 게임에 빠져들지는 못하는 눈치였다.

부모님을 만나지 않았다면, 나는 어디서 어떻게 살고 있을까. 보육원에 있거나 혹은 다른 부모님을 만났을까. 어떤 경우라도 린영을 만나지는 못했을 터였다.

"언니, 무슨 생각해?"

"아무 생각도 안 해."

"거짓말."

"실은 엄마랑 아빠를 만나지 않았으면 어디서 어떻게 살고 있을까 생각했어.”

“나도 가끔 그런 생각 하는데. 언니도 만나지 못했겠지?”

“우리가 만나지 못한 채 살아가는 그림이 그려지지 않아.”

“언니가 없었다면, 난 지금보다 훨씬 이상한 애가 되었을 거야.”

“아니, 넌 언제나 괜찮았어. 지금도, 앞으로도 그럴 거고.”

“언니가 동생 갖고 싶다고 졸랐다며? 그래서 내가 집에 온 거잖아.”

“응. 근데 다른 이유도 있어.”

“뭔데?”

“엄마 아빠가 너랑 나랑 서로 의지하면서 살아가라고. 외롭지 않게.”

린영은 내 말을 곰곰 되새기는 눈치였다. 고개를 끄덕일 뿐 말이 없었다. 굳이 말하지 않아도 들을 수 있는 말들이 있었다.

“엄마 아빠는 우리한테 고마워해야 돼. 우리가 없었으면 집 안이 얼마나 썰렁했겠냐고.”

린영이 장난기 어린 투로 말했다. 그러나 어쩐지 쓸쓸함이 배어 있었다.

“그건 그래.”

부모님은 불임 진단을 받고 마음고생이 심했다. 지나고 나니 그게 다 너희를 만나라는 하늘의 뜻이었던 거야. 난 너희를 낳아 주신 부모님들께 정말 감사해. 그분들이 아니었다면 내가 어떻게

엄마가 될 수 있었겠니? 더군다나 너희처럼 이쁜 아이들의 엄마
가 말이야. 엄마가 말했을 때 눈시울이 뜨거워졌다.

"언니는 나중에 뭐가 될 거야?"

린영이 화제를 바꾸었다.

"뭐가 되긴. 그냥 내가 되는 거지."

"그게 뭐야?"

"누구나 다 자기가 되는 거야."

"그런 거 말고, 의사나 선생님 말이야."

"적성에 안 맞아."

"해부하는 거? 가르치는 거?"

"둘 다."

나도 그런데,라고 하면서 린영이 픽 웃었다. 우리는 닮은 점을
발견할 때마다 뭔가를 덤으로 얻는 기분이었다. 나는 하고 싶은
게 따로 있다고 말할까 하다가 말았다. 심리학이라고 하면, 린영
은 그게 뭐냐고 물은 뒤 자기도 그걸 하고 싶다고 할 것 같았다.

버스가 산자락을 돌고 있었다. 차창 밖은 낭떠러지였다. 몸이
한쪽으로 기울 때면 문득 버스가 이대로 굴러떨어지는 건 아닌가
싶어 몸이 움츠러들었다. 린영은 내 팔을 꼭 움켜쥐었다. 누군가
가 기사를 향해 운전 똑바로 하라며 고함을 질렀고, 누군가는 낮
은 소리로 투덜댔다. 또 누군가는 안도의 한숨을 내쉬었다. 그 소
리들이 하나의 거대한 덩어리가 되어 귓속으로 파고들었다. 숨이
턱턱 막혔다. 승객들이 일시에 나를 향해 몰려드는 것 같았다. 그

들이 무슨 말을 한 것도 같은데 알아들을 수가 없었다. 좀비 영화 속 주인공이 된 기분이었다. 어쩌면 나는 이미 죽었는지도 모른다는 엉뚱한 생각까지 들었다. 린영의 목소리가 나를 일깨웠다.

"언니는 날파리 안 보여?"

"안 보여."

"정말 한 번도 안 보였어?"

나는 고개를 끄덕였다.

"왜 나한테만 보이지?"

"보이는 사람도 있다고 하잖아. 익숙해지면 안 보인대. 너도 곧 익숙해질 거야."

"의사들은 다 엉터리야."

"치료받으면 나아질 거야."

"오로라 공주가 갑자기 잠에서 깨는 것처럼?"

"넌 일시적으로 눈에 이상한 게 보일 뿐이야."

"난 좀 무서워. 이러다가 날파리들이 내 눈을 다 파먹을까 봐."

"걱정하지 마. 그런 일은 일어나지 않을 거야."

"하지만 없었던 사람이 갑자기 나타나기도 하잖아."

린영이 생모에 대해 말하고 있다는 걸 알 수 있었다. 말문이 막혔다.

"언니는 이해가 돼?"

"뭐가?"

"언니 나이에 아이를 낳은 거 말이야."

이런 질문을 받게 될 거라고는 생각지 못했다. 대답할 말이 얼른 떠오르지 않았다.

"옛날엔 우리 나이에 결혼도 했대."

린영이 기대한 대답이 아니라는 걸 알면서도 그렇게밖에 말하지 못했다.

"내가 어떻게 태어나게 됐는지 물어볼까?"

"그래, 뭐든."

린영은 고개를 저었다. 차라리 모르는 게 나을 뻔한 이야기를 듣게 될까 봐 두려운 거였다. 몰랐다면 좋았을 일들이 세상에는 많았다. 엄마 아빠가 남긴 재산을 친척들이 다 가로챘다거나, 그 돈으로 사업을 해서 망했다거나, 가장 친한 친구에게 입양하라고 말했는데 그 친구가 다른 아이들에게 퍼뜨렸다거나…… 그럼에도 알아야 할 것은 있었다. 알게 되면 상처가 조금은 더 빨리 회복될 수 있을 테니까.

"나랑 닮았을까?"

"아마도?"

"나보단 안 예쁘겠지?"

"너보다 안 예쁠 수도 있을까?"

뭐야? 하며 린영이 눈을 흘기고는 어깨를 쳤다. 웃고 싶은데 도저히 웃음이 나오지 않을 때의 표정이었다. 이내 머리를 내 어깨에 기댔다.

"많이 아프다고 그러던데."

"응."

"암, 뭐 그런 거야?"

"그런 거 같아."

"벌 받은 거네. 나 버려서."

고개를 든 린영의 표정에 날이 서 있었다.

버린 게 아닐 거라고 말해주고 싶었지만, 나는 이번에도 입을 다물었다. 한동안 침묵이 이어졌다.

"사실은 나, 거기 가봤어."

린영이 말했다.

"거기?"

나는 대수롭지 않게 물었는데 린영의 표정이 굳어 있었다. 거기라는 곳이 심상치 않은, 뜻밖의 장소라는 걸 직감으로 알 수 있었다.

"내가 버려진 데."

베이비박스에 혼자 다녀오다니, 가슴이 먹먹했다.

"거긴 왜?"

굳이 묻지 않아도 되는 말이었다. 다시 주워 담을 수도 없었다.

"그냥."

"언제?"

"눈 많이 왔던 날."

린영이 학원도 빠지고 밤늦게 들어왔던 날이었다. 어디에 다녀왔냐고 해도 말하지 않고, 날파리가 보인다며 소리쳤던 날.

학교에서 태몽 이야기가 나왔는데 린영은 물고기 꿈이라고 둘러댔다. 너네 엄마가 널 낳지도 않았는데 태몽을 꿨다고? 아이들의 목소리가 귀에 웅웅거렸다. 하교 후에 발길이 절로 베이비박스로 향했다.

"나를 거기에 두지 않았더라면 죽었을지도 모른다는 생각이 들었어. 거기가 아니고, 쓰레기들이 쌓여 있는 데에 나를 놓아두고 갔다면 말이야."

"그러니까 너를 버린 게 아니야, 널 지켜준 거야."

"아니, 어떻게 말해도 내가 버려졌다는 사실은 달라지지 않아."

마침내 버스가 터미널에 도착했다. 버스에서 내리자 바람이 마중을 나온 것처럼 품 안으로 달려들었다. 린영은 낯선 곳의 풍경을 눈으로 좇다가 이내 인상을 찌푸렸다. 날파리 떼가 눈앞을 가로막는다며 손바닥으로 눈을 가렸다. 그런 모습이 그다지 낯설지 않았다. 린영은 내가 자기 팔을 잡고 걸어주기를 바라는 거였다.

"택시 타자."

나는 택시 승강장을 가리키며 말했다. 린영은 갑자기 배가 고프다며 꼼짝하지 않았다. 병원에 다녀와서 먹는 게 어떠냐고 하려다가 말았다. 린영이 왜 그러는지 알 것 같았고, 어차피 점심 먹을 시간이었다. 린영은 파스타를 먹자고 했다.

주변을 둘러봐도 파스타를 먹을 만한 곳은 보이지 않았다. 돈가스는 어떠냐고 묻자, 린영은 심드렁하게 고개를 끄덕였다. 나는 식욕이 일지 않았지만 우동을 주문했다. 우동 맛은 그저 그랬다. 린영은 돈가스를 잘라 몇 조각 먹지도 않고 고기가 질기다며 포크를 내려놓았다.

병원 입구에는 잎이 무성한 느티나무 한 그루가 서 있었다. 안으로 들어서자 제법 넓은 잔디밭이 펼쳐졌다. 올망졸망한 꽃들이 울타리처럼 빙 둘러 피어 있었다. 새 한 마리가 잔디밭을 한 바퀴 돌더니 순식간에 멀어져갔다. 휠체어에 앉아 볕을 쬐는 환자와 보호자들이 드물게 눈에 띄었다. 엄마 아빠가 돌아가신 것도 모른 채 열흘 동안 입원해 있던 병원이 떠올랐다. 그 병원은 도심에 있어서 이곳과는 분위기가 사뭇 달랐다. 그때 이후 이렇게 큰 병원에 온 건 처음이었다. 그럼에도 이런 병원에서 오래 지낸 것 같은 느낌이 드는 건 왜일까. 어쩌면 병원 특유의 공기 때문인지도 몰랐다. 죽음을 앞둔 혹은 죽음의 문턱을 넘나들어본 사람만이 알 수 있는 서늘한 공기.

병원에 입원해 있는 동안 나는 의식이 없었다. 그건 의사도 인정하는 사실이었다.

하지만 나는 이따금 깨어서 어떤 곳을 헤매었다. 빛이 사그라져 어둑어둑했다. 조금 전까지만 해도 옆에 있던 부모님이 보이지 않았다. 두리번거리며 부모님을 찾았다. 희야, 우린 네 곁에 있어. 엄마 아빠! 나는 목이 터져라고 불렀다. 하지만 입에서는 아무 소리도 새어 나가지 않았다. 부모님의 목소리 대신 웅성거리는 소리가 들려왔다. 깨어날까? 깨어날 거라잖아. 깊은 잠을 자고 있는 거래. 그나저나 애 혼자 살아남았으니 이제 어떡하냐고? 차라리…… 하늘이 무섭지도 않아? 어떻게 그런 말을…… 그럼, 누가 키울 건데? 키우긴 누가…… 나는 깨어나기 싫었고, 실제로 한동안 깨어나지 못했다.

휜 벽과 휜 가운을 입은 사람이 눈에 들어왔을 때, 나는 알 수 있었다. 그전까지와는 다른 내가 되어 있다는 것을. 웃지도 울지도 않는 아이.

린영은 택시에서 내린 뒤부터 줄곧 내 팔을 잡고 있었다. 곧 넘어질 것처럼 비틀비틀 걸었다. 날파리들이 커졌다 작아졌다 하며 무더기로 몰려다닌다고 투덜댔다.

3층 병실 앞에서 우리는 멈춰 섰다.

"너 혼자 들어갈래? 같이 들어갈까?"

린영은 마음을 정하지 못한 표정이었다.

"네가 편한 대로 해. 너 들어가면 난 밖에서 기다리면 되니까."

"아냐, 같이 들어가."

내가 노크한 뒤 문을 열려고 하자, 린영이 막아서며 혼자 들어가겠다고 했다. 괜찮겠느냐고 물었다. 린영이 고개를 끄덕였다. 나는 린영이 병실로 들어가는 것을 보고 1층 카페로 내려갔다. 단것이 당겨 고구마라테를 주문했다.

라테에 얹힌 하트를 보면, 라테는 마시는 게 아니라 보는 거라는 생각이 들었다. 하트가 사라지지 않도록 천천히 마셨다. 달달

한 라테가 목을 타고 내려가자 서서히 긴장이 풀렸다. 린영이 재잘대는 소리가 바로 옆에서인 듯 들려왔다.

언니, 나도 왼손잡이면 좋겠어. 왜? 언니가 왼손잡이니까. 언니, 우리 엄마 배 속에 들어갔다가 다시 태어나자. 왜? 그러면 엄마 진짜 딸이 될 수 있잖아. 우리가 가짜 딸이야? 아니, 그런 건 아니고, 언니랑 나랑 같은 엄마 배 속에서 태어나면 좋을 거 같아서. 언니가 먼저 들어가. 난 언니 다음에 들어갈게. 그럼 우리 스무 달 동안 못 볼 텐데. 그런가? 그럼 들어가지 말자⋯⋯

병실에 들어간 지 한 시간이 지나도록 린영은 연락이 없었다. 이런저런 생각에 빠져 있는 사이, 린영이 병실에서 나왔을지도 모른다는 생각이 스쳐 갔다. 나는 얼른 카페 밖으로 나왔다. 환자복 차림으로 산책을 하는 사람들이 눈에 띄었다. 여기저기서 나는 소리들이 물살처럼 떠돌아 분위기가 술렁거렸다. 나는 휴대전화를 꼭 쥔 채 주변을 둘러보았다.

린영은 느티나무 아래서 낙서를 하고 있었다. 발소리를 죽인 채 린영에게 다가갔다. 낙서라고 하기에는 그림 속 형상이 꽤 구체적이었다. 물고기와 물풀. 린영은 생각에 잠길 때면 손을 멈췄다가 다시 움직이기를 반복했다. 내가 왔다는 걸 알아채고도 그림에서 손을 떼지 않았다. 그림에 이야기가 담겨 있었다. 나는 린영의 귀 가까이에 입을 대었다.

"바닷속에 눈먼 물고기가 살고 있어. 빨강검둥이 물풀은 물고기가 위험에 처하지 않도록 지켜줘. 자기의 전 생애를 걸고 말이야. 눈이 먼 물고기는 그걸 알지 못하고 자꾸만 멀리 가는 거야. 먼바다에 이르러서야 자기를 지켜준 것이 빨강검둥이 물풀이었다는 걸 알게 돼."

"어떻게 알게 되는데?"

린영이 물었다.

"자기 몸을 에워쌌던 물풀의 숨을 기억해낸 거지."

눈먼 물고기가 기억해낸 물풀의 숨은 어떤 느낌이었을까. 보지 않아도 보이는 것들 사이, 보이지 않아도 볼 수 있는 것들 사이에 그것은 있을 거였다.

이야기를 통해 내가 말하려고 한 걸 린영도 짐작했을까. 린영이 나를 물끄러미 바라보았다. 나는 무슨 말을 해야 할까 잠시 생각했다. 잘 만났어? 어땠어? 같은 말은 하지 않아도 되었다. 린영이 입을 떼었다.

"날파리가 아니라 눈송이래."

"뭐?"

"그러니까 그게……"

린영은 생모에게 무슨 말을 해야 할지 몰라 날파리에 대해 말했다. 그녀가 희미하게 미소 지으며 말문을 열었다. 고등학생 때 그녀의 눈에도 날파리가 보였다. 아무도 믿지 않았다. 오히려 거짓말한다고 몰아세웠다. 그런데 그녀의 말을 믿어준 사람이 있었다. 남자 친구였다. 날파리 말이야, 원래는 눈송이였어. 하늘에서 내려오다가 심술궂은 마법사를 만나 마법에 걸리고 말았지. 사랑이 찾아오면 마법이 풀려 다시 눈송이가 돼. 그날 두 사람은 사랑을 나누었다. 다음 날 아침, 그녀의 눈에 날파리 대신 눈송이가 보였다.

"정말 날파리가 사라지고 눈송이가 보였대?"

"응. 눈송이는 녹아서 눈물이 되어 흘러내렸고, 그 뒤로 아무것도 보이지 않았대."

린영이 잃어버렸던 무언가를 찾은 눈빛이었다. 그 이야기가 사실이든 지어낸 것이든 그것은 중요하지 않았다. 다만, 린영이 이제 다른 곳을 향해 갈 수 있게 되었다는 걸 알 수 있었다.

"언니, 눈송이 이야기 말이야, 재밌는데 슬프지 않아?"

"슬퍼. 슬픈데 따뜻해."

우리는 다시 택시를 타고 터미널로 향했다.

여전히 하늘엔 구름이 없고 바람이 불고 있었다. 시간이 지나면 풍경이 다르게도 보이는 법이다. 지극히 현실적으로 느껴지는 하늘과 바람이었다.

"바람이 따뜻하다. 그치?"

"응, 연둣빛 바람이야. 언니를 집에 데려다준 바람 말이야."

"그런가?"

"나를 집에 데려다준 건 뭐였을까?"

"구름. 네가 구름 속에서 걸어 나오는 걸 봤어. 뚜벅뚜벅."

뚜벅뚜벅, 린영이 되풀이하며 환한 웃음을 머금었다. 이내 주머니에서 뭔가를 꺼냈다. 배냇저고리였다. 아기였을 적 린영의 모습을 떠올려보았다. 솜털이 보송보송한 뺨에 눈망울이 유난히 반짝거렸다.

"막상 만나니까 의외로 담담했어. 이렇게 아무렇지 않아도 되나 싶을 정도로. 근데 그쪽은 아니었나 봐. 울었어. 하염없이…… 그 모습을 보는 게 힘들었어."

버스들이 저마다의 목적지를 향해 떠나고 있었다. 어떤 버스는 자리가 꽉 찼고, 어떤 버스는 승객이 다섯 명도 채 안 되었다. 멀어져가는 버스들이 새끼를 품은 채 걸어가는 순한 짐승들 같았다.

"언니 말대로 나 지켜진 아이가 맞더라."

린영의 생부는 린영이 태어나기도 전에 부모님에 의해 다른 나라로 보내졌다. 린영의 생모는 어떻게든 린영을 낳고 싶었다. 집을 나와 고시원에서 지내며 아르바이트로 병원비를 마련했다. 낳기만 하면 키울 수 있을 줄 알았는데…… 세상은 미성년의 미혼모에게 호락호락하지 않았다. 아이를 살리기 위해서는 선택의 여지가 없었다. 베이비박스를 찾아갔다. 린영을 거기에 두고 돌아서는데 차마 발걸음이 안 떨어졌다. 가다가 멈춰 서서 몇 번이나 뒤를 돌아보고, 며칠 뒤 다시 가서 그 자리를 서성이다가 돌아서고……

그 뒤로도 그녀는 늘 린영의 주변을 맴돌았다. 눈먼 물고기를 에워쌌던 물풀처럼. 그래서 기어이 물고기로 하여금 물풀의 숨을 기억해내게 했으리라.

린영이 내 품에 와락 안겼다. 나는 린영의 등을 도닥이며 마법에 걸린 눈송이에 대해 생각했다. 소르르 소르르 눈송이가 녹아내리는 소리가 낮게 들려왔다. 어쩌면 내일이나 모레, 혹은 눈이 쏟아지는 어느 날 린영에게 말해줄 것이다. "괜찮아, 좀더 이렇게 있어도."

코끼리의
방식

눈을 떴을 때 코끼리가 머리맡에서 나를 내려다보고 있었다. 병원에 온 지 사흘째인데, 으스름 녘이면 어김없이 녀석이 찾아왔다. 어제까지는 창밖에서 기웃거리기만 하더니 오늘은 병실 안으로 들어왔다. 유치원 다닐 때 동물원에서 코끼리를 보긴 했지만 이렇게 가까이서 보는 것은 처음이었다. 덩치가 어마어마하게 컸다. 위로 뻗은 코가 여차하면 천장을 뚫고 올라갈 기세였다. 커다란 양푼을 엎어놓은 것 같은 이마에는 털이 듬성듬성 나 있었다. 무엇보다 눈빛이 투명했다. 나는 그 눈빛에 이끌렸다.

어디에선가 요즘 유행하는 노래 「작은 것들을 위한 시」가 흘러나왔다. 녀석이 병실 한가운데서 코로 원을 그리며 제자리 돌기를 시작했다. 리듬에 맞춰 발을 빠르게 움직이기도 하고 느리게 움직이기도 했다. 어느 순간 리듬에 몸을 내맡기고 춤을 추었다. 쉴 새 없이 코로 땀을 빨아들이면서도 춤을 그치지 않았다. 나는 웃음이 비어져 나왔다. 어느새 아픔도 잊히고 죽음에 대한 두려움도 사라졌다.

"넌 왜 춤을 추는 거야?"

"춤추는 데 이유가 필요한가? 뭐 굳이 말하자면, 춤을 출 때는 다른 내가 되거든."

녀석이 코를 길게 뻗은 채 발을 굴렀다. 창문을 타고 넘어온 바람이 녀석의 커다란 엉덩이를 때렸다. 녀석이 천장을 향해 고개를 들었다가 내 쪽으로 시선을 돌렸다. 눈가에 주름이 지고 귀가 펄럭거렸다. 미소! 그것은 보기 이전에 마음으로 알 수 있었다. 나는 녀석의 미소가 나를 훑고 지나가는 것을 온몸으로 느꼈다.

처음 만났을 때도 녀석은 그런 미소를 지었다.

그날 새벽부터 나는 몸에 열이 오르고 사물이 겹쳐 보였다. 구급차에 실려 병원으로 왔다. 그런데 으스름 녘에 녀석이 불쑥 찾아와서 미소를 지었다. 순간, 깜깜한 하늘에 별이 돋는 느낌이었다.

"내 이름은 시누야."

나는 시누, 하고 불러보았다. 혀에 착 감기는 이름이었다. 녀석과 친구가 될 수 있을지도 모른다는 생각이 들었다. 친구를 사귄 것은 유치원 때가 마지막이었다. 재능 발표회의 연극 파트너였던 지유. 초등학교 1학년을 기점으로 나는 주름이 늘고 살이 처졌다. 지금 보니까 코끼리 피부와 닮았다.

"물이 없으면 우린 살 수가 없는데, 하필 가뭄이 들었거든."

코끼리에게 가뭄은 치명적이었다. 정부에서는 코끼리들을 경매로 내놓았고, 시누는 우여곡절 끝에 서커스단으로 팔려 왔다. 시누의 나이 열세 살 때였다. 춤을 잘 춰서 인기가 많았는데 혹사당해 병이 들었다. 견디다 못해 도망쳤다. 그 후로 사람의 꿈속을 드나들며 살고 있다.

"사람의 꿈속에서 산다고?"

"응. 지금도 난 네 꿈속에 들어와 있는 거야."

대평원을 주름잡던 코끼리가 사람의 꿈속에서 산다는 게 말이 되나. 더구나 나처럼 아픈 애의 꿈속이라니.

"넌 잠을 많이 자니까, 네 꿈속에 들어오면 오래 머무를 수 있어."

나는 자주 잠에 빠져들었고, 한번 잠들면 좀처럼 깨어나지 못했다. 그건 내가 면역력이 떨어졌기 때문이고, 죽음에 다다랐다는 증거이기도 했다. 어쨌거나 꿈속이든 뭐든 나를 필요로 하는 존재가 있다니 기분이 묘했다.

"그런데 내 꿈속엔 어떻게 들어온 거야?"

"네가 외로워했기 때문이야."

내가 외로워하는 걸 알아챘다니, 제대로 한번 싸워보지도 못하고 녀석에게 진 느낌이었다.

"네 꿈속에 들어오면 고향에 온 것 같아. 아프리카의 대평원 말이야."

녀석이 말을 이었다.

"난 몸이 아파서 곧 이 세계를 떠날 수밖에 없어. 그래서 고향으로 돌아가려고."

시누는 죽기 전에 조상들의 무덤을 찾아갈 생각이었다. 오래전 시누의 아빠도 그랬다. 하지만 시누가 엄마의 대를 이어 무리의 대장으로 임명되는 바람에, 아빠는 시누를 두고 떠날 수가 없었다. 어느 날 무리가 사자의 습격을 받았는데, 아빠는 시누를 구하고 그 자리에서 숨졌다. 시누는 무리와 함께 날마다 아빠의 시신 곁을 맴돌았다. 그러던 중에 가뭄이 찾아왔다. 무리의 살가죽이 늘어지고 엉덩이뼈가 드러났다. 무리는 물을 먹기 위해 경쟁하지 않으려고 각기 다른 곳으로 이동했다.

　　"내가 고향에 가려고 하는 이유는 또 있어. 거긴 낭만이 있거든. 맘껏 노래하고 춤도 춰. 한마디로 영혼의 자유를 흠뻑 누릴 수 있는 곳이야."

　　그런 곳이라면 나도 한번 가보고 싶었다. 하지만 몇 걸음만 떼어도 힘에 부쳤다. 유튜브에서 탐험대를 본 뒤 탐험가를 꿈꾸기도 했는데. 아직도 죽기 전에 꼭 해보고 싶은 것이 있다면, 그건 탐험이었다. 할 수 없어서 더욱 간절한지도 모른다.

　　시누가 천천히 코를 앞으로 뻗었다가 말아 올렸다. 온 마음을 기울이는 몸짓이었다. 빛이 터지는 순간처럼 주변이 환해졌다.

　　"거긴 코끼리들만 있어?"

　　"기린도 있고 영양도 있어. 꿀벌, 개미…… 죽음을 받아들이고 준비하는 생명들이야. 먼 곳에서 찾아오는 사람도 있어."

　　그 말이 가슴을 파고들었다.

　　"너도 머지않아 이 세계를 떠날 거잖아."

내가 곧 죽는다는 걸 알고 있다고? 이번에도 내 안의 무언가를 들킨 기분이었다. 하지만 외로워하는 걸 들켰을 때와 달리 마음이 편안했다. 그걸 어떻게 알았느냐고 묻는 것은 무의미했다.

"네가 죽음을 두려워하고 있다는 것도 알아."

나는 아무 말도 하지 않았다. 죽음이 어떤 것인지는 모르지만 혼자가 된다는 건 어렴풋이 짐작할 수 있었다. 그러니까 나는 죽음 자체보다 혼자가 되는 걸 두려워하는지도 모른다.

"죽음이란 이 세계 너머의 세계로 가는 거야. 그곳이 어떤 곳인지는 몰라도, 누구나 언젠가는 가야만 하는 곳이잖아. 먼저 가고 나중에 가는 게 다를 뿐이야. 넌 다른 사람보다 조금 먼저 가는 거고. 중요한 건 지금이야."

죽음에 대해 이렇게 말해준 건 녀석이 처음이었다.

"죽기 전에 하고 싶은 게 뭔지 생각해봐. 네 안에 또 다른 네가 있다는 걸 알게 될 거야."

내 안의 또 다른 나를 발견할 수 있다고? 녀석이 내 손을 향해 코를 뻗더니 손등을 핥았다. 부드럽고 촉촉한 감촉이 몸과 마음을 풀어주었다.

어느새 동쪽 하늘이 밝아오고 새들이 나뭇가지 사이를 드나들며 재재거렸다. 녀석이 돌아갈 시간이었다.

"이제 그만 가볼게."

조금만 더 있다가 가라고 말하고 싶은데 입이 떨어지지 않았다.

"또 올게."

"난 오늘 퇴원하는걸. 집에 가면 네 꿈을 꾸지 않을지도 몰라."

"네가 나를 보고 싶어 하면, 네가 어디에 있든 너를 보러 갈 거야."

녀석이 귀를 펄럭이며 말했다. 넌 혼자가 아니야, 라고 말해주는 것 같았다. 포근한 기운이 몸을 감쌌다. 나는 무슨 말을 해야 할지 몰라 녀석을 빤히 바라보기만 했다.

"하고 싶은 거나 바라는 게 있으면 뭐든 말해. 내가 도와줄게."

녀석이 제아무리 사람의 꿈속에 드나드는 재주를 가졌다고 해도 흐르는 시간을 막지는 못할 거였다. 남의 꿈속에 들어와 사는 주제에 뭘 돕느냐고 비웃고 있지? 녀석이 눈으로 말하며 입을 씰룩거렸다. 이번에도 녀석에게 속을 들키고 말았다.

"이제 정말 가봐야겠다."

나는 햇살을 받아 하얗게 물들어가는 녀석의 엉덩이가 보이지 않을 때까지 지켜보았다.

수액이 한 방울씩 몸속으로 들어가고 있었다. 엄마가 물수건으로 얼굴을 닦아주고 거울을 내밀었다. 앙상한 손만 봐도 짐작할 수 있지만, 나는 매일 거울을 보았다. 어제보다 주름이 많아졌다는 걸 확인하는 것은 힘든 일이었다. 하지만 시력을 잃으면 그것마저도 할 수 없을 터였다.

나는 빨리 집으로 돌아가고 싶었다. 엄마가 굽는 빵 냄새가 벌써부터 코끝에 맴돌았다. 나는 빵 맛보다 빵 냄새를 좋아했다. 아빠가 커피보다 커피 향을 좋아하는 것처럼. 하지만 무엇보다 내가 좋아하는 냄새는 아빠가 만들어준 침대와 의자에서 나는 나무

42

냄새였다.

나는 아빠에게 코끼리를 그리고 싶다고 말했다.

"쉽지 않을 텐데. 시간도 많이 걸리고."

아빠는 내 눈에 무리가 될까 봐 걱정하는 눈치였다. 코끼리를 그리는 것은 만화 캐릭터를 그리는 것과는 차원이 다를 거였다. 그럼에도 나는 아빠를 졸랐다.

"그래, 네가 하고 싶은 거라면 해보자."

아빠가 무언가를 결정하는 기준은 늘 내 마음이었다.

도화지 앞에서 시누의 모습을 떠올렸다. 특별한 일을 시작할 때처럼 설렜다. 먼저 얼굴의 윤곽을 그리고 눈의 위치를 잡았다. 눈동자를 그리는 것은 귀 다음으로 미루었다. 시누가 웃을 때의 눈빛을 담고 싶었다. 나는 한 시간 동안 꼼짝하지 않고 귀를 그렸다. 시누가 미소 지을 때 펄럭대는 귀의 움직임까지 포착한 것은 행운이었다.

"이 녀석 귀 보니까 웃고 있는걸."

역시 아빠였다. 웃는 아빠의 눈에 시누의 눈빛이 들어 있었다.

얼마 전까지만 해도 아빠는 공방을 운영했다. 가구에는 혼이 담겨야 한다, 많이 만들어서도 안 되고 한번 시작했다고 해서 잘못된 걸 끝까지 만들어서도 안 된다. 그것이 가구를 만드는 아빠의 마음가짐이었다. 사람들은 아빠를 장인이라고 불렀다. 주문이 넘쳐났다. 그런데 언젠가부터 아빠는 주문을 받지 않았다. 대신 내가 편안하게 잠들 수 있는 침대와 앉아서 햇볕을 쬐기 좋은 의자를 만들었다. 아빠에게 코끼리를 만들어달라고 해볼까, 하는 생각이 스쳤다.

"다훈아, 코끼리 만들어줄까? 아기 코끼리."

아빠와는 이렇듯 말이 필요 없었다. 나는 고개를 끄덕였다. 아빠는 웃으며 마침 잘라놓은 잣나무가 있네, 하고는 사포질을 시작했다. 나무의 표면이 순식간에 반들반들해졌다. 아빠는 코끼리에 대해 아는 게 많았다.

코끼리의 코는 무수한 근육과 근섬유로 이루어져 있어서 운동 감각이 뛰어나고, 먹이는 코로 먹지만 어미젖을 먹을 때는 입으로 먹어. 내가 호기심을 드러내자 아빠는 신바람이 나서 계속했다. 코끼리는 그 어떤 동물보다 후각이 발달했어. 코끝의 돌기가 섬세해서 땅콩 알맹이를 손상하지 않고 껍데기를 깰 수 있고, 소리를 낼 때도 코가 중요한 역할을 하고 말이야. 코는 생명과도 같단다.

그런 만큼 코끼리의 코를 그리는 데는 섬세한 손길과 높은 집중력이 필요했다. 그에 비해 엉덩이와 다리를 그리기는 손쉬웠다.

"자, 이제 칠만 하면 되겠다."

나는 시누의 몸에서 뿜어져 나왔던 빛의 색감을 살리고 싶었지만, 내 솜씨로는 어림도 없었다. 아빠에게 시누에 대해 말했다.

아빠가 그건 꿈일 뿐이란다, 라고 말할 줄 알았는데 그러지 않고 무슨 생각에 골똘했다. 그사이에 나는 시누가 손등을 핥아주었을 때의 감촉을 떠올리며 코에 잔주름을 새겨 넣었다.

"색을 칠하기 전에 만나볼 사람이 있는데. 예전에 공방에 찾아왔던 할아버지 말이다……"

그 할아버지라면 나도 안다. 수염이 길고, 늘 입가에 웃음을 짓고 있었다. 무엇보다 재미있는 이야기를 들려주곤 했다. 진짜 같지만 가짜인 이야기들, 가짜지만 진짜보다 더 진짜 같은 이야기들. 그 할아버지처럼 상상력이 풍부한 사람은 보지 못했다.

"그분이 코끼리 이야기를 해준 적이 있단다."

조상의 무덤을 찾아가는 코끼리 이야기였다. 그때 아빠는 그저 지어낸 이야기라고만 여겨 무심코 들었다. 그런데 내 말에 아빠도 그 이야기가 더 듣고 싶다고 했다.

"어떤 이야기였는데요?"

"할아버지한테 직접 들어보려무나. 안 그래도 한번 찾아뵈려고 했거든."

할아버지는 예전에 코끼리 조련사였다. 늙고 쇠약해져서 그만둔 뒤로 이따금 동물원으로 가 코끼리를 보았다. 얼마 전 병이 깊어져 요양병원에 입원했다.

아빠와 인사를 나눈 뒤 할아버지가 나와 눈을 맞추었다.

"다훈인 뭐가 그리 궁금하다냐?"

할아버지는 벌써 내 마음을 읽고 있었다. 그런데 전과 다르게 할아버지의 목에서 가래가 끓었다.

"코끼리에 대해 알고 싶어요."

"꿈속에 찾아오는 코끼리 말이지야?"

나는 고개를 끄덕였다. 할아버지는 수염을 쓸어내리고는 말문을 열었다.

"바이러스가 창궐하기 전이었제."

할아버지는 코끼리를 추억하는 듯 얼굴에 미소가 떠올랐다.

"하도 재주가 좋아분께 훈련이고 뭐고 시킬 필요도 없었어야."

그 코끼리는 멀리서 던져주는 과자를 받아먹는 것은 예사고, 육중한 몸을 코로 버텨 물구나무를 섰다. 무엇보다 춤을 잘 추었다. 코끼리가 춤이고 춤이 코끼리라고 할 정도였다.

할아버지는 아름다운 광경을 보고 있는 듯한 눈빛이었다. 사람들이 코끼리를 보려고 구름처럼 몰려왔다. 학교 가던 아이들은 물론, 일터로 가던 어른들도 코끼리의 춤을 보기 위해 발걸음을 돌렸다. 또 누구라도 한번 코끼리의 춤을 보고 나면 혼을 빼앗겼다. 배꼽이 빠질 뻔했다거나 심장이 멈출 뻔했다는 이야기도 심심치 않게 들려왔다.

여섯 달이 지난 어느 날, 코끼리가 서커스단을 탈출했다. 사람들은 코끼리를 찾는 데 혈안이 되었다. 도시가 발칵 뒤집히다시피 했지만 찾지 못했다. 사람들은 차차 지쳐갔다. 코끼리가 숨어들어 집 안을 난장판으로 만들어놓았다느니, 누군가의 뼈를 부러뜨렸다느니 해괴한 소문이 돌기 시작한 것은 그즈음이었다. 심지어 코끼리가 사람을 잡아갔다는 말도 있었다. 코끼리를 잡지 않으면 모두 죽고 말 거라는 두려움에 사로잡혔다. 모두에게 웃음을 안겨주었던 코끼리는 하루아침에 공포의 대상으로 전락했다.

할아버지는 금방이라도 숨이 넘어갈 듯이 가래 끓는 기침을 했다. 할아버지가 그만 쉬어야 하지 않을까 싶었지만, 나는 코끼리 이야기가 듣고 싶은 걸 참을 수가 없었다.

"그래서 잡혔어요?"

할아버지는 고개를 저으며 눈을 지그시 감았다.

"바이러스가 덮쳐서 세상이 발칵 뒤집혀부러서……"

사람들은 더 이상 코끼리에 관심을 가질 수 없었다. 바이러스는 변종에 변종을 거듭하면서 수많은 생명을 앗아갔고, 결국 사람들을 공포로 몰아넣었다. 코끼리가 가져다준 공포와는 또 다른 공포였다. 그런데 언제부터인지 코끼리가 바이러스를 퍼뜨렸다는 소문이 돌았다.

"코끼리가 정말 바이러스를 퍼뜨린 거예요?"

할아버지는 다시 고개를 저었다.

소문이 진짜인지 가짜인지는 밝혀지지 않았다. 문제는 아직도 사람들이 코끼리의 행방을 찾고 있다는 거였다. 백신이 나와서 바이러스가 종식된 지 오래됐는데도. 나는 머리칼이 쭈뼛 서는 걸 느꼈다. 할아버지가 나에게 귀를 대라는 손짓을 하더니 목소리를 낮추었다.

"그때는 말이제……"

바이러스가 창궐했을 때였다. 너도나도 현실에서 도피해 꿈속으로 들어가려고 했다. 하지만 누구도 그러지 못했다. 유독 코끼리만 그걸 해냈다.

지금까지 들은 이야기 중에서 가장 믿기 어려웠다. 하지만 시누가 내 꿈속으로 찾아오는 이상, 나는 믿을 수밖에 없었다.

그 말을 하기 위해 가까스로 참은 듯 할아버지는 기침을 시작했다. 기침이 멈춘 다음에도 가슴에서 연신 쌕쌕 소리가 났다.

할아버지와 헤어져 돌아오는 길 내내, 춤을 추는 시누의 모습이 눈에 아른거렸다.

시누가 보고 싶어서 일찍부터 침대에 누웠는데 잠이 오지 않았다. 그새 고향으로 떠나버린 건 아니겠지?

아빠는 아기 코끼리를 만드느라 공방에서 나오지 않았다. 나는 엄마에게 책을 읽어달라고 했다. 「호두까기 인형」! 유치원 재능 발표회의 동극 대본이었다. 그 이야기를 듣는 밤이면 꿈에서 지유를 만났다. 아들, 좋은 꿈꿔. 엄마의 목소리를 들으며 나는 잠에 빠져들었다.

비구름을 품은 하늘을 새들이 낮게 날았다. 눈으로 새들의 꽁무니를 좇고 있는데 지축을 뒤흔드는 소리가 났다. 시누가 오는 소리였다. 가슴이 쿵쿵거렸다.

시누의 얼굴에 그늘이 드리웠다.

"무슨 일 있어?"

나는 시누와 눈을 맞추고 물었다.

"응. 몸이 점점 안 좋아지고 있어."

"그럼 어떡해?"

"빨리 고향에 가야지."

우리는 한동안 말없이 서로를 바라보았다.

"떠나기 전에 하고 싶은 일이 있어."

"뭔데?"

"보고 싶은 사람 있으면 말해봐. 만나게 해줄게."

"정말? 그게 가능해?"

나는 깜짝 놀라 되물었다.

"응. 말만 해."

시누의 목소리는 자신감에 차 있었다. 나는 지유가 보고 싶었다. 하지만 지금의 내 모습을 지유에게 보이고 싶지 않았다.

"얼굴에 주근깨 있는 여자애 말이야."

시누가 코끝을 살짝 들어 올리며 말했다.

그건 또 어떻게 알았을까. 시누는 짓궂게 코로 돌멩이를 들어 올려 멀리 날렸다.

"그걸 어떻게 알았냐고? 넌 자주 그 애 꿈을 꾸잖아. 꿈을 꾼다는 건 보고 싶다는 거야."

"보고 싶긴 하지만……"

"지금 네 모습을 보여주기 싫은 거지? 그래서 안 보는 게 낫겠다고 생각하는 거지?"

나는 고개를 끄덕였다.

"걱정 마. 예전의 네 모습으로 만날 방법이 있으니까."

"어떻게?"

"시간을 돌려놓는 거야."

"타임머신 같은 거?"

"뭐 비슷하긴 하지만 달라."

그 말은 호기심을 자극했다. 시누는 일부러 그러는 듯 귀를 팔락거리며 뜸을 들였다.

"내가 꿈 밖으로 나가서 서커스를 하면 돼."

"뭐? 어떻게 그럴 수가 있지?"

"그건 서커스가 가진 마력이야."

"네 말대로 그런 게 있다고 쳐. 하지만 넌 서커스단에서 도망쳤잖아. 사람들이 아직도 너를 찾고 있대. 조련사 할아버지한테 들었어."

"응, 사람들이 나를 찾고 있는 건 사실이야. 하지만 걱정 없어."

"정말 괜찮은 거야?"

"그렇다니까."

"어, 어떻게?"

"할아버지가 나를 지켜주시거든. 조금 전에도 만나고 왔어. 너를 만났다고 하시더라."

"너 혹시 할아버지 꿈에도 찾아가는 거야?"

"응, 나를 맨 처음 꿈속으로 불러들인 건 할아버지야. 서커스단에서 탈출시켜준 사람도."

수수께끼가 풀리는 듯하다가 다시 원점으로 돌아가 뒤엉켜버린 느낌이었다. 그럼에도 시누의 이야기는 재미있고 신비롭기까지 했다.

"근데 할아버지 말이야, 요즘 천식이 심해서 말도 오래 못 하고 누워만 계셔."

금방이라도 숨이 넘어갈 듯이 기침을 하던 할아버지의 모습이 떠올랐다.

"그래, 많이 아파 보였어."

시누가 눈을 끔벅거리며 곧 할아버지와 함께 자기 고향에 갈 거라고 했다. 머릿속에서 댕댕, 아름다운 소리가 울렸다. 어떻게 그럴 수 있는지, 시누에게 묻고 싶었다. 그런데 시누는 말할 틈도 주지 않고 지유 이야기로 말을 돌렸다.

지유를 볼 수 있는 시간은 단 20분, 「호두까기 인형」 공연 시간이었다.

"대신 그 시간이 지나면, 너는 더 빨리 늙게 될 거야."

지유를 보고 싶지만 마음을 정할 수 없었다. 엄마 아빠가 알면 몹시 서운해할 거였다.

"선택이 쉽지 않다는 거 알아."

"엄마 아빠 내가 조금이라도 더 두 분 곁에 머무르기를 바라셔."

"물론 그러시겠지. 하지만 언젠가는 헤어질 수밖에 없잖아. 그날이 조금 앞당겨지는 것뿐이야. 나라면 지유를 만날 거야. 바로 지금이 중요하니까."

나는 혀가 굳어버린 것처럼 아무 말도 할 수가 없었다.

"네가 하고 싶은 걸 할 수 있다면 엄마 아빠도 기뻐하실 거야. 부모란 그런 존재거든."

시누는 하늘을 향해 코를 내뻗었다. 나비 한 마리가 시누의 코 주변을 빙빙 돌았다. 마치 시누를 지지한다는 걸 온몸으로 보여 주겠다는 듯이.

나는 더 빨리 늙는 것도, 부모님과 더 빨리 헤어지는 것도 싫었다. 하지만 그날이 가까이 왔다는 걸 알고 있었다. 의사 선생님도 그랬다. 무엇보다 중요한 건 지금이었다. 유치원 시절의 내 모습을 떠올렸다. 딱 한 번만이라도 그때로 돌아가서 지유를 만나고 싶었다.

"좋아."

시누는 코를 뻗어 내 등을 두드려주었다. 뿌우, 소리를 내더니 밖을 향해 몸을 돌렸다. 내가 한눈을 판 것도 아닌데 녀석이 감쪽같이 사라졌다. 뭐야, 어디 간 거야? 조금 전에 한 말은 다 뭐였지? 그저 장난삼아 나를 떠봤을 뿐인데 내가 너무 앞서간 건가? 어쨌거나 녀석이 보이지 않자, 눈앞에서 보물을 놓쳐버린 기분이었다.

주변을 두리번거리니 이번에는 머리 위에서 뿌우, 소리가 들렸다. 녀석의 코가 천장에 거의 닿아 있었다. 코에서 하얀 김이 새어 나오고 한 번도 맡아보지 못한 냄새가 났다. 초원의 흙먼지 냄새 혹은 건초 냄새! 나는 얼떨떨한 채 숨을 죽였다. 녀석이 코로 내 등을 밀어 나를 일으켜 세웠다. 이내 몸이 하늘로 떠오르는 기분이었다.

어느 결에 녀석이 나를 숲속에 내려놓았다. 나는 사방을 둘러

보았다. 3미터가량 떨어진 곳에 녀석이 서 있었다. 녀석은 혼자가
아니었다.

나는 내 눈을 의심했다. 지유!

지유도 나를 알아보고 놀란 표정이었다. 시누가 나와 지유를
번갈아 보며 귀를 펄럭거리더니 코로 내 어깨를 후려쳤다. 마음
만 먹으면 녀석은 나를 공중으로 들어 올렸다가 떨어뜨릴 수도
있을 거였다.

"인사 안 하냐?"

나는 기어 들어가는 목소리로 안녕? 하고 인사했다. 지유가 활
짝 웃으며 손을 흔들었다. 시누는 다시 귀를 펄럭이며 코를 돌돌
말아 올렸다.

"빨리 무대로 가자. 곧 막이 오를 거야."

지유와 나는 시누를 따라갔다.

천장에는 분홍과 보라, 푸른색 조명이 드리워 있고 유리로 된
바닥은 반짝거렸다. 지유와 나는 무대 위로 올라갔다. 내가 지휘
하는 장난감 군대와 생쥐 왕의 군대가 맞서 싸웠다. 팽팽한 줄다
리기 끝에 우리 군대가 궁지에 몰렸다. 입안이 바짝바짝 탔다. 순
간, 지유가 나를 향해 덧신을 던졌다. 나는 돌연 왕자로 변신했다.

요정들이 나와 지유를 둘러쌌다. 나는 지유를 과자의 나라로
안내했다. 「꽃의 왈츠」가 흘러나오고 리듬에 맞춰 요정들이 춤
을 추었다. 하늘 한 모서리가 열리더니 달빛이 지유에게 쏟아졌
다. 나는 몸을 굽힌 채 손을 내밀었다. 지유의 손이 내 손에 닿는

순간, 심장박동이 빨라졌다. 우리는 손을 잡은 채 리듬에 몸을 실었다. 지유의 심장이 뛰는 소리가 들리는 것 같았다. 나는 간절히 시간이 멈추기를 바랐다.

눈을 떴을 때 가장 먼저 시누가 떠올랐다.

설마 서커스를 하다가 잡혀간 건 아니겠지? 아니라고 믿고 싶었다.

어제보다 훨씬 더 늙어버린 내 모습을 본 부모님은 애써 태연한 척했다. 나는 부모님께 어젯밤의 일을 이야기했다. 하지만 내가 혹 늙어버린 이유에 대해서는 차마 말할 수가 없었다.

"자, 이 녀석이 너한테 행운을 가져다줄 거다."

아빠가 아기 코끼리를 내 손바닥에 올려주었다. 훈땡! 나는 녀석의 이름을 단숨에 지었다. 시누에게 빨리 훈땡을 소개하고 싶었다.

과연 훈땡이 행운을 가져다주었다. 시누가 멀리서 걸어오고 있었다.

"뭐야, 걱정했잖아!"

"지유 만나고 난 기분이 어때?"

"지금 그게 문제가 아니잖아."

"그럼 뭐가 문젠데?"

"너 말이야, 잡히지 않았어? 서커스는 잘했고?"

"잡혔으면 내가 지금 여기 있겠냐?"

서커스는 대성황이었다. 그런데 조련사 할아버지는 끝내 숨을 거두고 말았다. 잡힐 뻔한 시누를 꿈속으로 불러들인 뒤였다. 눈을 감기 전에 할아버지는 시누를 위로했다. 자기 대신 시누와 함께 고향에 갈 친구가 있을 거라고. 시누는 할아버지의 말을 믿었다.

"넌 곧 떠나겠지?"

"응. 근데 할아버지가 너한테 빚을 갚은 뒤에 떠나야 한다고 했어."

"빚이라니? 빚은 내가 졌는데."

"아니, 넌 나를 네 꿈속에 들어오게 해줬잖아. 또 나를 보고 싶어 하고 기다려도 주고."

나는 그런 거라면 지유를 만나게 해준 것만으로 충분하다고 했다. 시누가 있어서 행복했다는 말은 쑥스러워 삼키고 말았다.

시누가 고개를 저었다. 할아버지의 말을 거역할 수 없다면서, 하고 싶은 걸 말하라고 했다.

"그건 불가능한 일이야."

시누가 내 얼굴을 요모조모 살피면서 생각에 잠겼다가 말문을 열었다.

"혹시 탐험을 하고 싶은 거야?"

나는 할 말을 잃었다. 시누가 내 말이 맞지? 하면서 눈을 찡끗했다. 나는 대답하지 않았지만, 시누는 내 마음을 다 안다는 눈빛이었다.

"나랑 같이 탐험을 떠나지 않을래? 내 고향에 가는 거 말이야."

혼자서는 잘 걷지도 못하는 나에게 탐험이라니. 하지만 녀석의 눈에 고여 있던 별들이 반짝거렸다. 적어도 나를 놀리려고 한 말은 아니라는 걸 알 수 있었다.

"보다시피 난 잘 걷지도 못하는걸."

시누의 얼굴이 환해지고 귀가 펄럭거렸다. 미소! 그 미소 때문에 잠깐이지만 시누의 고향에 가는 내 모습을 상상했다. 역시 어림도 없는 일이었다.

"네가 마음만 먹으면 돼."

시누가 자기 등을 들이대며 말했다. 시누의 등에 타고 대평원으로 가는 상상을 했다. 온몸의 피가 빠르게 도는 느낌이었다.

나는 시누에게 훈땡을 소개했다.

"얘가 행운을 안겨줄 거야."

"그래, 정말 귀여운걸."

시누는 훈땡에게서 눈을 떼지 못했다.

시누가 돌아간 뒤 내 머릿속은 온통 탐험에 대한 생각뿐이었다.

"시누 말이다, 사람들 앞에 나타나서 서커스를 했다는구나."

아빠가 말했다. 시누를 잡으려고 여기저기 벽보가 붙고 현상금도 걸렸다고.

그럼에도 나를 위해 서커스를 했다니. 다시 내 꿈속에 들어오기만 해봐라, 혼쭐을 내줄 테다. 아니, 나는 시누와 함께 탐험을 떠나고 싶었다. 엄마 아빠에게 시누에 대해 말하지 않을 수 없었다.

"시누가 그렇게 된 건 저 때문이에요."

나는 시누가 위험을 무릅쓰고 서커스를 한 이유에 대해 말했다.

시누도 나처럼 곧 이 세계를 떠난다는 것도. 엄마의 눈가가 젖어들고 아빠는 음, 하고 길게 숨을 내쉬었다.

"시누는 죽음을 두려워하지 않아요. 죽는다는 건 이 세계 너머의 세계로 가는 거라고 했어요. 누구나 언젠가는 가는 곳이라고요. 시누와 저는 조금 일찍……"

엄마와 아빠는 고개만 끄덕일 뿐 아무 말도 하지 않았다.

"시누와 함께 탐험을 떠나고 싶어요."

나는 시누의 고향이 얼마나 아름다운 곳인지에 대해서 말했다. 영혼의 자유를 누릴 수 있는 곳이라는 것도.

어느새 몸에 열이 오르고 눈앞도 뿌예졌다. 엄마가 알아채고 아빠에게 얼른 구급차를 부르라고 했다.

"엄마 아빠! 저 병원에 가고 싶지 않아요. 이미 눈이……"

"그러니까 빨리 병원엘 가야지."

엄마의 목소리가 떨렸다.

"이번에 가면 다시 돌아오지 못하잖아요."

"그게 무슨 소리냐?"

아빠가 말했다.

"의사 선생님이 하는 말 다 들었어요."

아빠가 아니라고, 괜찮아질 거라면서 나를 꼭 껴안았다. 옆에서 엄마의 흐느끼는 소리가 들렸다.

"제 몸은 누구보다 제가 잘 알아요. 기왕이면 시력을 잃기 전에 떠나고 싶어요. 대평원을 꼭 보고 싶거든요."

한동안 침묵이 이어졌다.

"그래, 넌 탐험가가 꿈이었지."

아빠가 눈물이 고이는 걸 감추려고 눈을 깜빡이며 말했다.

나는 시누와 함께라면 문제없을 거라고 덧붙였다. 함께 떠날 친구가 있어서 다행이라며, 엄마가 내 뺨에 볼을 비볐다.

"시누가 저를 등에 태우고 가준다고 했어요. 멋지죠?"

"정말 멋지구나, 우리 아들!"

엄마가 나를 껴안고 그런 엄마를 아빠가 또 껴안았다. 셋이 하나가 되는 순간이었다.

나는 지금 시누의 등에 탄 채 대평원으로 가는 중이다. 해와 달, 별들이 우리와 함께 가고 있다. 꽃과 풀들은 쉼 없이 향기를 자아내고 바람이 달려와 땀을 씻어준다. 이보다 좋기도 어려울 것이다. 그런데 시누의 잔소리가 장난이 아니다. 이것도 하지 마라, 저것도 하지 마라. 또 자기가 탐험 대장이라며 박박 우긴다. 뿐인가, 자기 말을 잘 들어야 한다나. 심지어는 겁도 준다. 정신 바짝 차려. 언제 어디서 사자의 습격을 받게 될지 모른단 말이야……

밤이 되면, 나는 시누와 함께 엄마와 아빠의 꿈속으로 찾아간다. 아빠는 훈땡의 동생을 만들고 있다. 역시 아빠 솜씨는 최고다. 엄마는 여전히 빵을 굽는다. 엄마가 굽는 빵 냄새는 언제 맡아도 좋다. 우리 다훈이 왔네. 오늘은 어땠어? 힘들진 않아? 힘들긴요,

탐험이 얼마나 멋진데요.

엄마와 아빠는 아이들처럼 이야기를 들려달라고 조른다. 사막과 호수를 지나자 초록빛이 시야에 들어왔어요. 드디어 대평원이 펼쳐진 거죠…… 나는 그림을 펼쳐 보이듯 이야기를 계속한다. 버펄로와 누 떼가 어슬렁거리고, 타조와 기린이 말을 걸어오는 풍경에 대해. 거기서 만난 친구들에 대해서도. 시누 왔구나! 근데 얘는 처음 보는 앤데? 응, 내 친구 다훈이야. 안녕, 친구! 여기에 온 걸 환영해. 어어, 고마워! 와, 우리 다훈이한테 친구들이 많이 생겼네. 네, 마음씨가 곱고 아름다운 친구들이에요.

오늘도 우리 가족의 이야기는 밤새 계속될 것이다.

물범의
시간

나는 입학식보다 30분 남짓 일찍 교문을 통과했다. 텅 비어서 적막한 교정, 매화나무에서 새 움이 트고 있었다. 새로운 시작을 알리는 조짐에 설렜다.

바람에 교복 치맛단이 너풀거렸다. 치마 속에 반바지를 입기 잘했다. 순간, 누군가가 옆을 스쳐 가는 기척을 느꼈고 풋풋한 기운에 이끌렸다. 딱 벌어진 어깨에 성큼성큼 내딛는 걸음걸이, 뒷모습만으로도 건장한 체구의 남자애라는 걸 알 수 있었다. 입학식이 끝나고 교실로 들어서자, 내 자리 옆줄에 그 애가 앉아 있었다. 나도 모르게 자꾸 눈길이 갔다. 자, 첫날이니까 자기소개를 해볼까? 담임의 말에 아이들은 촌스럽게 자기소개가 다 뭐야, 하는 표정이었다. 하지만 이내 번호순으로 교탁 앞에 나가 이름과 출신 학교, 취미 정도를 교과서 읊듯 했다. 나는 아무 말도 귀에 들어오지 않아 창문 너머에 시선을 두고 있었다.

"공부 좀 해보려고 섬에서 유학 왔어. 이름은 모진서."

허스키한 목소리와 말꼬리를 늘이는 억양 때문에 그 애는 단번에 주목받았다. 이목구비의 선이 굵고 피부가 그을려서인지, 섬에서 왔다는 말 때문인지 석기시대 남자 같은 강인함이 느껴졌다. 거기에 먼 곳을 바라보는 듯한 눈이 묘한 조화를 이루어 독특한 분위기를 자아냈다. 와, 모미네이터! 근육 쩐다. 뒤쪽에서 누군가가 큰 소리로 말하자 여기저기서 킥킥거렸다. 그 애는 체구에 어울리지 않게 수줍어하며 자리로 돌아가 앉았다. 머리를 쓸어 올리는 손마디며 자리에 앉는 몸의 움직임, 꼿꼿한 자세에서 빛이 났다. 나는 단번에 그 애에게 빠져들었다.

남녀를 불문하고 그런 애가 나만이 아닌 듯했다. 여자애들이 더 노골적이었다. 일부러 그 애의 자리 쪽으로 교과서를 던지거나 연필을 굴렸다. 그걸 주우러 가는 척 다가가 어깨를 툭 건드리거나 말을 걸기도 했다. 그 애는 아무 반응도 보이지 않았다. 주말에 놀이공원 어때? 영화를 보자거나 독서 토론을 하자고 밑밥을 놓는 동아리 부원도 있었다. 약속 있어. 야동을 보는 남자애들 부류까지 가세했다. 그 애는 매번 거절했다. 그렇다고 교만하거나 까다롭지도 않았다. 오히려 공손하고 예의 바른 편에 속했다. 하지만 말마디가 짧고 누구와도 어울리려고 하지 않았다. 혼자서도 잘 지내는 아이. 그 애는 교실 안 섬으로 존재했다. 보름에 한 번 꼴로 무단결석을 하자 곧 뒷담화가 오갔다. 뭐, 저런 쓰레기가 다 있냐.

나는 그 애에게 다가가는 대신, 묵묵히 그 애를 지켜보았다.

그 애는 체구에 걸맞게 운동을 잘했다. 운동장을 다섯 바퀴나 돌고도 숨이 흐트러지지 않았다. 턱걸이를 수도 없이 했다. 바닷가에서 자란 애니까 수영도 잘할 테고. 대체 못하는 게 뭘까. 저런 체력에 공부까지 잘할까. 그런데 공부 운운한 것과는 달리 교과서는 뒷전이고 틈만 나면 책을 읽었다. 카프카, 로맹 가리, 뒤라스의 작품들. 세계 명작으로 꼽히는 책들이었다. 나는 그런 책들 중 한 권도 끝까지 읽은 것이 없었다. 그것들이 왜 명작인지, 그것도 세계 명작인지 몰랐다. 『헝거 게임』이나 『메이즈 러너』라면 몰라도. 물론, 그 책들도 몇 장 넘기다가 접고 영화로 봤을 뿐이다.

한 달이 지난 뒤 나는 우연을 가장해서 그 애와 단둘이 교문을 나서게 되었다.

"네가 보는 책들 말이야, 재밌어?"

"세상에 재미있는 책도 있냐?"

진서의 말투는 삐딱했지만, 일단 말을 텄다는 게 뿌듯했다.

"그럼 왜 읽는데?"

"뭐, 굳이 말하자면 일종의 습관 같은 거야."

어쩌다가 읽게 되었는데 책에 점점 빠져들었다고 했다. 한때는 밤낮 가리지 않고 책에 파묻혀 지냈다. 그러다 보니 다른 건 눈에 들어오지 않았다.

진서가 그렇게 길게 말하는 건 처음이었다. 그 대화 상대가 나라니, 기분이 좋았다.

"사실 초등학교 때까지는 위인전도 한 권 안 읽었어."

그런데 중학교 1학년 때 서울에서 온 새내기 선생 때문에 바뀌었다. 그 선생은 삼삼오오 몰려다니며 남의 흉을 보지도 않고, 권위를 앞세워 아이들을 닦달하지도 않았다. 아이들은 그의 집으로 우르르 몰려가서 라면이나 떡볶이를 먹곤 했다. 그 집에 살림이라고는 캠핑용 버너와 코펠, 행거가 다였는데 벽면에 책이 잔뜩 쌓여 있었다. 그 선생과 가깝게 지내려면 책을 읽어야 할 것 같았다. 그때부터 닥치는 대로 책을 읽기 시작했다.

진서의 말에 어이가 없었다.

"그 선생님 여자였지?"

"넘겨짚지 마."

그 선생이 도시로 떠나면서 책을 몽땅 진서에게 주었다. 야, 이 책들 너한테 필요할 것 같다. 너 다 가져라. 그걸 받아 들면서 진서는 자신도 알 수 없는 감정에 빠져들었다. 그 선생이 떠나고 나서야 그에 대한 막연한 감정의 실체가 무엇인지 알 수 있었다. 책도 책이지만, 도시 사람에게서 풍기는 특유의 정서 같은 것에 대한 동경이었다. 그 뒤로 섬을 떠나고 싶어 부모님을 졸랐고, 고등학교 입학을 계기로 이루어졌다.

"책 읽을 시간에 공부를 했으면 더 좋은 학교에 갈 수 있었을 텐데. 특목고 같은 데 말이야."

진서는 내 말을 귀담아듣지 않는 눈치였다. 나에게 취미가 뭐냐고 물었다. 취미,라는 말이 그렇게 낯설게 들리기는 처음이었다. 게임이라고 말하려다가 없다고 했다.

중학교 2학년 때까지 모두가 나를 게임 중독이라고 몰아붙였다. 스스로는 아니라고 믿었다. 그런데 3학년이 된 뒤 게임 중독이 맞다는 걸 깨달았다. 머릿속에서 알전구가 터지는 느낌이었다. 이전까지의 나를 버리고 새롭게 태어나고 싶었다. 그 가능성을 시험하려고 시도한 것이 남자 친구를 사귄 거였다. 하지만 한 달이 채 안 되어서 헤어졌다.

"남자 친구를 사귀어보는 건 어때?"

진서는 마치 내 마음속에 들어갔다가 나오기라도 한 것처럼 말했다.

"보시다시피 난 남자애들의 관심을 끌 타입이 아니잖아. 예쁘기를 하나 몸매가 좋은 것도 아니고, 공부를 잘하나 성격도 별로지. 누구나 한 번 보고 돌아서면 금방 잊어버리는 게 나야."

"야, 왜 그래? 너, 매력 있어. 톡톡 튄다고. 몰랐냐? 암튼, 그래서 한 번도 안 사귄 거야?"

"딱 한 번 사귄 적은 있는데 금방 깨졌어."

"왜 깨졌는데?"

"한마디로 까였지. 내가 자기 스타일이 아니라나."

그 애가 나 말고 다른 애를 사귀었다는 건 말하지 못했다. 자존심 때문이었다.

"다시 사귈 생각은 없어?"

"없어. 너야말로 여자 친구를 사귀어봐. 키 되지, 몸 되지. 게다가 요즘 보기 드문 지성까지 갖췄잖아."

"난 혼자가 편해. 누굴 만나서 감정 소모하는 것도 싫고."

진서에게는 어려서부터 허물없이 지낸 친구가 있었다. 둘 다 아버지가 군인이어서 가족끼리도 가까이 지냈다. 친구는 어디서나 눈에 띄는 외모에다 목소리엔 울림이 있고, 무엇보다 호방한 성격이었다. 또래나 선후배를 막론하고 선망의 대상이었다. 진서와 그 애 사이를 질투해서 빈정대고, 심지어는 훼방 놓는 여자애들도 있었다. 그런데 중학교 3학년 때 그 애가 진서에게 고백하고 기습적으로 키스했다. 진서는 얼떨떨했다. 그 애에게 데면데면 굴다가 인천으로 학교를 오게 되었고, 그 애와 자연스럽게 멀어질 수 있을 거라 생각했다. 그런데 그건 진서의 생각일 뿐, 그 애는 아직도 집요하게 연락을 해왔다.

나는 이성이든 동성이든 누군가에게 그토록 열렬한 관심의 대상이 되어본 적이 없었다. 그래서인지 진서의 말이 가진 자의 허세처럼 들렸다. 아니, 손에 잡힐 듯했던 무언가가 손가락 사이로 빠져나가는 걸 느꼈다. 그럼에도 그 애에 대한 설렘과 동요가 사라지기는커녕 오히려 나를 뒤흔들었다.

"내 안에 나도 모르는 뭔가가 있어. 그게 나를 압박해서 숨도 쉬기 어려울 때가 있어."

"혹시 괴물?"

내가 농담조로 말하자 진서가 픽 웃었다.

진서는 외모로 보나 체격으로 보나 어디에 내놔도 빠지지 않았다. 독서광이라는 것은 흠이 될 수 없었다. 교실 안의 섬이라고 해도 그건 스스로 택한 거였다. 그런 애가 숨을 쉬네 못 쉬네 하는 것은 엄살처럼 들렸다. 하지만 진서의 표정은 진지했다.

"혹시 무단결석도 괴물하고 상관있어?"

"꼭 그렇다고는 할 수 없지만, 상관이 없다고도 할 수 없어."

"사람은 누구나 자기도 모르는 괴물 하나쯤은 품고 사는 거 아닐까?"

진서가 내 말을 흘려듣는 눈치는 아니었다. 다만 네가 뭘 아냐, 라는 눈빛으로 길게 한숨을 내쉬었다.

그날 이후 진서는 이따금 밤에 전화를 걸어왔다. 은형아, 뭐해? 그냥 있는데, 왜? 아무것도 아냐. 싱겁긴. 달 보여? 아니, 근데 달은 왜? 네가 나와 같은 곳을 보고 있으면 좋겠다고 생각했어. 진서가 맥없이 전화를 끊고 나면 잠이 달아나곤 했다. 다음 날이면 진서는 아무 일도 없었다는 얼굴이었다.

한번은 불쑥 자기 집에 가자고 했다. 내가 카레 만들어줄게. 카레? 저번에 급식에 카레 나왔을 때 너 잘 먹더라? 아, 내가 카레를 쫌 좋아하긴 하지. 진서가 만들어준 카레는 느끼했지만 나는 맛있다고 했다. 사실은 처음 만들어본 거야. 진서의 방은 권투 글러브와 덤벨을 비롯해서 케틀벨…… 각종 운동기구들로 가득했다. 와, 집에서 운동하는 거야? 응, 해볼래? 여자도 할 수 있어. 그래? 그럼 네가 시범을 보여봐. 이건 '터키시 겟업'이라는 건데 코어 근육은 물론이고 상체랑 하체에…… 진서의 동작을 보는 순간, 감탄사가 절로 나왔다. 타고난 근육질인 줄 알았는데 그게 아니었다. 진서가 내 자세를 교정해주었다. 진서의 손이 어깨에 와 닿는 순간, 나는 숨이 가빠지는 걸 느꼈다. 난 안 되겠다, 라고 말하고는 얼른 일어섰다. 진서의 이마에는 땀이 맺혀 있었다. 와, 이 글러브 멋지다. 사촌 형이 미국에서 사다 준 거야. 내 보물 1호. 이걸 갖고 있으면 든든해.

다음 날 진서는 나에게 글러브를 내밀었다. 너 가져. 보물 1호를 왜 나한테 줘? 난 필요 없어. 그뿐이 아니었다. 내가 지나가는 말로 당 떨어졌다, 라고 하면 이내 초콜릿을 건네주었다. 독후감 제출이 임박했는데 한 줄도 쓰지 못했다고 하면 다음 날 서랍에 독후감 출력물이 들어 있었다. 유명 브랜드 로고가 박힌 모자가 사물함에 들어 있기도 했다. 야, 이건 좀…… 너한테 잘 어울릴 것 같아서. 그만해. 알았어, 네가 싫다면 안 할게. 진서의 표정에 그늘이 드리웠다.

그날 밤 진서로부터 전화가 걸려왔다. 어렸을 때 바닷속으로 빨려 들어간 적이 있어. 사방은 어둡고 숨도 쉴 수 없었어. 심연 말이야, 도저히 빠져나갈 수 없는…… 근데 요즘 그때 봤던 심연이 보여. 다음 날 불쑥 나에게 남자 친구를 소개해주겠다고 했다. 그때까지만 해도 농담이겠지 했는데 며칠 뒤 약속 시간과 장소를 알려주었다. 토요일 11시, 자유공원 입구. 휴일인데 마땅히 할 일도 없는 데다 진서를 만나고 싶어 나가겠다고 했다.

약속 시각이 다 되어서 진서로부터 톡이 왔다.

미안. 갑자기 일이 생겨서 말이야. 데이트 잘해.

황당했지만 선택의 여지가 없었다.

남자애는 흰색 후드 집업에 밑단이 잘린 청바지 차림이었는데, 온몸에서 생기가 뿜어져 나왔다.

"난 한민기라고 해, 진서 친구. 만나서 반가워."

나는 한민기가 진서에게 키스한 애라는 걸 직감으로 알 수 있었다. 설마, 애를 소개해준다고 한 건 아니겠지. 하지만 데이트 잘하라고 하지 않았나.

"어, 나는 이은형."

"진서한테 얘기 들었어."

한민기는 주말을 맞아 이모네 집 방문을 구실로 인천에 왔다. 하지만 그건 표면적인 이유에 불과하고, 사실은 진서를 만나러 왔다. 진서가 새로 사귄 친구를 소개해주겠다고 하더니, 조금 전에 급한 일이 생겼다면서 둘이 만나라고 했다는 거였다. 한민기의 말투에 불만이 배어 있었다.

당혹스럽기로 따지면, 내가 더하면 더했지 못하지는 않았다. 사귀자고 먼저 들이댄 것도 아니고, 굳이 이렇게까지 할 이유가 뭔가. 한민기와 나를 동시에 실험대에 올려놓고 장난치는 거라고밖에 볼 수 없었다. 진서가 약속을 어긴 거니까 그냥 돌아가면 그만이었다. 하지만 그건 멀리서 온 애에 대한 예의가 아니라는 생각이 들었다. 마침 한민기가 먼저 말을 걸어왔다. 기왕 만났으니까 걸으면서 얘기나 하는 게 어떠냐고. 이 공원에 몇 번 와봤는데 바다가 보이는 전망이 괜찮다나. 나는 얼떨결에 그러자고 했다.

"넌 진서랑 어떻게 친해졌어? 친해지게 된 계기 같은 게 있냐는 말이야."

"뭐, 그냥."

한민기는 김이 빠진다는 표정이었다.

나는 얼른 말을 바꾸었다. 대부분의 만남처럼 진서와 나의 만남도 대수롭지 않았다, 입학하는 날 등굣길에 옆을 스쳐 지나갔고 앉은 자리가 가깝다 보니 자연스럽게 친구가 되었다…… 내가 진서에게 느낀 호감과 친해지기까지의 조바심에 대해서는 말하지 않았다. 내 말을 듣고 난 한민기가 고개를 끄덕였다.

"진서가 너 많이 좋아하는 것 같던데."

"안 지 얼마 되지도 않았는데, 뭘."

"그게 뭐가 중요해, 교감이 중요하지. 걔가 누군가에 대해 열에 들떠서 말한 건 처음이야. 걔 자신이 그런다는 것도 모르는 눈치였어."

한민기의 목소리는 낮았지만 믿음을 갖고 하는 말 같았다. 하지만 과연 진서와 내가 교감하고 있는지는 의문이었다.

"진서 말이야, 요즘도 결석 자주 해?"

"전에도 그랬어?"

"뭐, 쉬고 싶으면 쉬는 게 맞는 거라나. 자기한테 집중할 시간이 필요하다나."

한민기는 출석에 목숨 거는 나 같은 짝퉁 범생이보다야 백번 낫지만, 하고 덧붙였다. 한민기는 여전히 진서에게 화가 나 있고, 그걸 애써 감추려는 게 역력했다.

나는 화제를 돌려 한민기가 사는 섬에 대해 물었다. 북위 37.52도, 서해의 최북단에 있다는 것 정도는 지리 시간에 배워 알고 있었다. 신의 마지막 작품이라고 불린다는 서북쪽 해안의 바위기둥들과 해무 속에서 고개를 내미는 물범…… 한민기의 눈에 그 풍경들이 고스란히 담겨 있었다.

"네 말 들으니까 백령도를 여행한 기분이야."

"그거 칭찬으로 들어도 돼?"

"물론이지. 그 정도면 가이드 해도 되겠다."

"그래? 내 꿈 중 하나가 가이드인데."

한민기가 뒤통수를 긁적였다. 한민기의 꿈은 더 있었다. 해양동물 보호와 생태 연구. 지금은 교내 동아리 '물범 탐구소'의 소장으로 활동하고 있다며 으쓱했다. 물범은 번식기가 되면 많은 수가 무리를 이루어 짝짓기를 한다. 육지에서는 뒤뚱거리며 어색하게 움직이지만 바닷속에서는 날렵한 수영 선수다…… 과연 동아리 소장답게 물범의 생태에 대해 아는 것도 많았다. 백령도 연해 물범들의 생태는 아직 다 밝혀지지 않았지만, 서해안의 깃대종이라는 것에 대한 자부심도 컸다.

"물범 말이야, 볕이 좋은 날이면 바위 위에 누워서 선탠을 하는데, 정말 귀여워."

"선탠?"

"볕을 쬐서 체온을 올리는 거. 그래야 혈액순환이 잘돼서 털갈이를 할 수 있거든."

물범은 봄에 백령도로 찾아와 털갈이를 하고, 겨울이 되면 더 추운 곳으로 건너가 눈 쌓인 얼음 바다 위에서 새끼를 낳는다. 하필이면 얼음 바다냐,라고 물으려는데 한민기가 진서의 별명을 들먹이는 바람에 놓치고 말았다. 물범!

초등학교 6학년 때 진서가 사라져서 섬이 발칵 뒤집혔다. 한나절이 지나서야 물범들과 함께 바위 위에 잠들어 있는 진서를 발견했다. 그래서 붙은 별명이었다. 물을 무서워해서 수영도 못하는 애가 어떻게 바다 한가운데 있는 바위까지 갔는지 모두 의아해했다. 무엇보다 진서 자신도 기억하지 못했다. 진서는 수영을 해보려고 바다에 들어갔다가 물살에 떠밀렸다고 했다. 몸이 급히 가라앉는 걸 느꼈고, 죽는 줄로만 알았다고. 깨어나 보니 바위 위였는데, 물범들이 진서의 몸을 핥고 있었다. 부드러운 감촉에 졸음이 찾아와 다시 잠들었다. 얼마나 지났을까, 사람들이 웅성대는 소리에 정신이 났다. 진서는 그 모든 것이 꿈을 꾼 것 같았단다.

한민기의 말을 듣다가 문득 진서가 한 말이 떠올랐다. 물살에 휩쓸려서 바닷속으로 빨려 들어간 적이 있어…… 심연 말이야, 도저히 빠져나갈 수 없는…… 요즘 그때 봤던 심연이 보여.

"혹시 시간 되면 영화 보지 않을래?"

한민기의 말에 나는 이번에도 그러지 뭐,라고 답했다. 처음 만났을 때의 불편함이 약간 가신 뒤라서 대답이 더 쉽게 나왔는지도 모른다.

언덕을 내려와 영화관이 있는 쪽으로 발을 옮겼다. 오래전 개봉했던 일본 영화를 리메이크한 「조제, 호랑이 그리고 물고기들」. 한민기는 그 영화를 진서와 보려고 했던 모양이었다. 장애를 가진 채 세상과 담쌓고 살던 여자가 한 남자를 사랑하지만 결국 이별하게 되는 영화였다. 여운이 오래 남았다. 한민기가 영화 이야기를 더 하자면서 카페 간판을 가리켰다.

천장은 빈티지한 느낌이고 벽은 블랙과 골드의 조화가 신비한 색감을 자아냈다. 입구에 피워놓은 향초로 인해 실내에는 허브향이 감돌고 음악이 흐르고 있었다. 헨델의 「라르고」네. 저번에도 이 음악이 나왔었는데. 한민기는 음악과 카페 분위기가 딱이라면서 피칸 브라우니와 유기농 말차로 만든 라테를 주문했다. 전에도 먹어봤거나 즐겨 먹는 메뉴인 듯했다.

나는 뭘 주문해야 할지 몰라 같은 것을 주문했다. 대화는 자연스럽게 영화로 흘러갔다. 한민기와 나는 둘 다 영화의 주인공 조제에게 호감을 가진 반면, 결말에 대해서는 생각이 달랐다. 나는 결말이 안타까웠는데, 한민기는 어차피 둘은 그렇게 끝날 수밖에 없으며 그래서 여운이 남는 거라고 했다.

"너라면 조제를 끝까지 사랑할 수 있을 것 같아?"

한민기가 눈썹을 살짝 들어 올리며 물었다.

"글쎄, 쉽진 않을 것 같아. 아니, 못 할 거야."

현실과 이상의 괴리라고나 할까. 어쨌거나 나는 한 입으로 두 말을 한 셈이었다. 한민기는 개의치 않는 표정이었다. 오히려 자기는 그럴 수 있다고 눈으로 말하고 있었다.

"넌 남자 친구 있어?"

한민기가 한 손으로 턱을 괸 채 물었다.

"아니."

"사귄 적은?"

"있는데, 끝난 지 오래됐어."

"헤어진 뒤에 기분은 어땠어?"

"덤덤했던 것 같아."

나는 거짓말을 했다.

"적어도 앓던 이가 빠진 느낌은 아니었지?"

"뭐, 그 정도는 아니었어."

한민기는 고개를 끄덕였다. 잠시 무슨 생각에 잠긴 듯 말이 없었다. 입을 열면 퍽 진지한 이야기를 할 표정이었다. 나는 시선을 어디에 둬야 할지 몰라 말차 라테를 마셨다. 쌉싸래하면서도 감칠맛이 났다.

"뭐 하나 물어봐도 돼?"

나는 그것이 진서에 관한 질문임을 짐작했다. 그러라고 하고는 곧 후회했다. 우물쭈물하는 사이 한민기가 입을 열었다.

"네가 보기에 진서는 어떤 애인 것 같아?"

"책을 많이 봐서 그런지, 자기만의 세계가 있는 것 같아."

"자기만의 세계가 있는 건 인정. 하지만 책 읽는 것하고는 무관해. 걘 책을 많이 읽긴 하지만 줄거리나 아는 정도지, 책에서 말하는 게 뭔지 모르거든. 이해하려고 들지도 않아. 책을 보는 게 아니라 책 속으로 도망치는 거지."

진서에 대해 특별한 감정을 가진 애만이 보일 수 있는 통찰력이었다. 나는 진서가 엉뚱한 소리를 할 때도 책을 많이 읽어서라고 생각했다. 한민기는 진서를 알면 알수록 더 모르겠다며 고개를 저었다. 그 부분에 대해서는 나도 같은 생각이었다.

"오늘만 해도 그래. 이러는 건 말이 안 되잖아."

한민기는 툴툴거린 뒤 말을 이었다.

"진서, 초등학교 때까지는 아이들이랑 잘 어울렸어. 근데 언젠가부터 달라지기 시작했어. 그게 정확히 언제인지는 모르겠고. 처음에는 책 때문인가 싶었는데, 그건 아닌 것 같아."

한민기는 진서가 그러는 게 책 때문이라면, 당장이라도 이 세상의 책을 전부 불살라버리고 싶은 표정이었다.

'언어 및 인지 발달은 정상이지만 정서적·사회적 발달에 결함을 보이는 자폐성 장애 하위 유형의 하나. 뭔가 특정한 주제에 대해 강한 관심을 가지지만, 그 외의 주제에 대해서는 상대의 느낌이나 반응을 전혀 신경 쓰지 않는다.' 진서의 어머니가 진서를 병원에 끌고 가다시피 해서 받은 진단이었다.

"계속 병원에 다니는 거야?"

"걘 병원에 가는 걸 미신 믿는 것 정도로 생각해."

한민기의 눈에 진서에 대한 애정이 담겨 있었다. 누군가가 진서에 대한 애정을 갖고 있다고 해도 그 애만큼은 아닐 것 같았다.

"사람은 누구나 조금씩은 이상한 것 아닐까?"

"그러니까 넌 진서에게 별문제가 없다는 거지?"

"다른 사람 눈에는 너나 나도 이상할 수 있잖아. 사람은 다 다르니까."

"진서가 널 좋아하는 이유를 알 것 같아. 넌 계속 진서 편에서 이야기를 하고 있어."

나는 머쓱해서, 그런가? 하고는 웃고 말았다. 한민기는 말을 꺼내기가 어려운 듯 머뭇거리다가 입을 떼었다.

"진서 말이야, 여자 친구 사귀는 건 아니지?"

"여자애들한테 관심 없는 것 같던데. 뭐, 나한테 말을 안 한 걸 수도 있고."

"그래? 그럼 나에 대해서는 뭐라고 했어?"

나는 시간을 끌며 말을 골랐다.

"좋은 친구. 바위 같은."

"바위 같은? 다른 말은 안 했어?"

한민기는 무언가를 탐색하는 눈빛이었다. 나는 이번에도 선뜻 말이 나오지 않았다.

"응. 하지만 그게 그렇게 중요한 걸까? 단지 표현의 문제일 수도 있잖아."

내가 어떤 말을 해도 한민기가 원하는 대답은 아니라는 걸 알 수 있었다.

"이런 말 하면 네가 어떻게 생각할지 모르겠는데……"

한민기의 진지한 표정 때문에 나는 라테를 한 모금 마시려고 잔을 들었다가 내려놓았다.

"난 진서 보면 떨리고 손도 잡고 싶어. 갠 어떤지 확인하고 싶어서 키스를 했어. 그 뒤로 서먹서먹하게 지내다가 진서가 인천으로 가버렸지. 진서는 앓던 이가 빠진 것처럼 홀가분해하는 것 같더라."

나는 무슨 말을 해야 할지 몰라 뜸을 들이다가 간신히 입을 열었다.

"설마."

"아니, 그건 느낌으로 알 수 있어."

한민기의 눈꺼풀이 잠시 떨렸다.

"진서 말고 다른 앨 사귀어보는 건 어때?"

내 입에서 왜 그런 말이 튀어나왔는지 나도 알 수 없었다. 한민기의 표정이 굳었다.

"나보고 양다리를 걸치라고?"

"꼭 그렇다기보다, 진서 말고 다른 애를 만나보면 둘 사이의 문제가 뭔지 알 수도 있잖아."

문득 내가 사귀었던 애도 그랬을지 모른다는 생각이 스쳤다.

나에게 없는 것을, 다른 애한테서 발견했는지도 몰랐다. 그때 그걸 알았더라면 기분이 나았을까. 아니, 어쩌면 그 애를 떠나게 만든 것은 나였는지도 모른다는 생각이 들었다.

한민기는 자기 발을 내려다보아야 할 이유라도 있는 것처럼 한참 고개를 떨어뜨리고 있다가 말문을 열었다.

"진서랑 있으면 땅을 밟고 서 있는 게 아니라 허공에 떠 있는 느낌이 들어. 낭떠러지로 떨어지는 게 아닌가, 뭐 그런 생각도 들고. 그런데도 이상하게 난 진서한테서 벗어날 수가 없어."

사랑에 관한 깊은 성찰이 없었다면 할 수 없는 말이었다. 사랑에 관한 한 진서나 나보다는 한민기가 한 수 위라는 생각이 들었다. 헤어지면서 전화번호를 교환했다. 물론, 전화를 걸 것 같지는 않았다. 집으로 돌아오는 버스 안에서 전 남친에게 톡을 보냈다. 미안했다고. 답신은 오지 않았다.

다음 날 진서는 그 일에 대해 사과는커녕 변명 한마디 하지 않았다. 아니, 자기가 한 일을 잊어버린 얼굴이었다. 오히려 내가 뭔가 말하지 않으면 안 될 것 같은 생각이 들었다. 하지만 입을 다물었다. 진서와 나 사이에 묘한 긴장감이 흘렀지만 그대로 두었다. 내 전략은 성공했다. 진서가 먼저 말을 꺼냈다.

"민기 말이야, 괜찮은 애 같지 않아?"

"글쎄."

"그러면 그렇고 아니면 아니지, 글쎄?"

"그렇게 궁금하면 나오지 그랬어?"

나는 눈을 흘기며 쏘아붙였다.

"꼭 보고 싶은 책이 있어서 말이야. 너도 알잖아, 내가 책에 꽂히면 아무것도 안 보이는 거."

나는 마지못해 한민기와 영화를 보고 차를 마셨다고 말해주었다. 한민기에게 다른 애를 사귀어보라고 했다고는 말하지 않았다.

"다음에 다시 만날 거야? 전번은 땄어?"

"그렇다면?"

나는 약간 비아냥거리는 투로 말했다.

"어? 통했나 보네."

진서가 억지웃음을 지으며 말했다. 진서의 태도를 이해할 수 없었다.

"너 지금 장난하냐? 넌 나랑 한민기를 동시에 모독한 거야. 대체 왜 그런 건데?"

나도 모르게 목소리가 뾰족했다.

"모독하려고 그런 건 아니야. 그냥 널 알고 싶었어."

진서가 풀 죽은 목소리로 말했다. 더 이상 진서와 얘기하고 싶지 않아서 휙 돌아섰다. 그 뒤로는 보고도 못 본 체했다. 그냥 널 알고 싶었어,라는 말이 귓가에 맴돌았지만, 뭘 어떻게 해야 하는지 알 수 없었다.

그렇게 하루가 더 지난 뒤 진서는 학교에 오지 않았다. 잠수 타는 게 처음도 아니니까, 하고 위안했다. 그다음 날도 진서는 결석했다. 몇 번이나 휴대전화를 만지작거렸지만 연락은 하지 않았다.

담임은 출석부를 닫으며 시험이 낼 모렌데 체험 학습이 다 뭐야, 라고 중얼거렸다. 진서가 아픈 건 아니라니 일단 안심이 되었다. 시험은 보러 오겠지.

내 예상은 빗나갔다. 시험 기간 내내 진서는 결석했다. 출석부에는 질병 결석으로 체크되어 있었다. 정말 어디가 아픈 건가 하는 생각이 들고 걱정도 되었다. 하지만 시험을 구실로 진서에게로 향하는 마음을 애써 눌렀다.

시간은 더디게 흘렀다. 진서에 대한 원망이나 스스로의 변명도 소용없었다. 서운함이 자라던 자리에 그리움이 움텄다. 그리움이 걷잡을 수 없을 만큼 커졌을 때, 진서 대신 한민기에게 톡을 보냈다. 진서가 섬을 떠난 뒤에 한민기의 기분도 지금의 내 기분과 비슷했을까. 아니, 진서가 학교에 오지 않는 이유를 한민기는 알고 있지 않을까.

진서 말인데, 이번엔 잠수가 길어지네.

한민기는 톡을 읽고도 답신을 보내지 않았다. 진서의 소식을 몰랐다면 바로 연락했겠지. 누구에게인지 모를 배신감이 스멀거렸다.

하루가 지나서야 답신이 왔다.

물범, 이번엔 잠수가 아니라 털갈이 중이야.

82

뜬금없이 털갈이라니. 나는 한민기에게 만나자고 했다. 한민기는 기꺼이 인천으로 오겠다고 했다. 전에 만났던 카페가 어떠냐고 물었다. 나도 거기가 좋았다.

"진서한테 무슨 일, 있는 거야?"

내가 물었다.

"자퇴한대. 자기 안에 있는 괴물을 이겨볼 참이래."

진서는 여행을 떠났다. 자기 문제가 뭔지 정면으로 부딪쳐보겠다는 의지라면 지지해주어야 마땅했다. 하지만 나에게는 한마디 말도 없었다는 것이 못내 서운했다. 아니, 진서가 떠나고 난 자리에 남은 나라는 존재가 초라하게 느껴졌다. 진서에게 나는 뭐였을까.

"넌 어때?"

한민기에게 조심스럽게 물었다.

"사실은 나, 다른 앨 만나고 있어. 전부터 나한테 호감을 가지고 있던 애야."

나는 무슨 잘못을 저지른 것처럼 얼굴이 달아올랐다.

"걔랑 있으면 땅에 발을 딛고 있는 느낌이 들어. 진서랑 있으면 한없이 작아졌는데, 걔랑 있으면 자꾸 내가 커지는 것 같고."

한민기가 애써 미소를 짓더니 배가 출항할 시간이 임박했다며 일어섰다. 나는 부두까지 배웅하고 싶었고, 한민기도 싫지 않은 눈치였다.

"진서 말이야, 널 좋아해."

한민기의 말에 나는 새삼스럽게, 하며 멋쩍게 웃었다.

"그냥 친구로 좋아하는 게 아니라……"

나는 그 말의 뜻을 이해했고, 말문이 막혔다. 그 어떤 말도 의미가 없을 터였다.

"나 때문에 혼란스러웠는데 너 만나고 나서 확실히 알게 됐대. 나는 내 감정만 앞세워서 진서를…… 저번 일, 사과하더라. 방법이 잘못됐었다고. 너한테는 차마 사과할 용기도 내지 못했나 봐."

한민기는 진서에 대해 알고 나니까 오히려 마음이 편안해졌다면서 말을 이었다.

"옛날에 물범들하고 누워 있던 바위 말이야, 내가 그 바위 같았대……"

그렇게 말하는 한민기의 눈시울이 붉었다. 한민기는 진서에 대한 내 감정은 끝내 묻지 않았다. 물었다고 해도 대답하지 못했을 것이고, 한민기도 그걸 알고 있는 듯했다.

"방학 때 물범 보러 오지 않을래?"

나는 고개를 끄덕였다. 뱃고동이 연거푸 울리고 한민기가 탄 배가 떠났다. 배가 지나간 자리마다 물보라가 일었다가 흩어졌다. 배가 하나의 점이 되었다가 시야에서 완전히 사라질 때까지 그 자리에 서 있었다.

진서를 처음 만났을 때의 설렘, 그리고 진서와 나누었던 이야기들, 진서가 만들어준 카레의 맛과 쭈뼛거리며 내민 선물들. 네

가 싫으면 안 할게,라고 말할 때 얼굴에 드리웠던 그늘…… 무엇
보다 진서가 마지막으로 했던 말이 선명하게 떠올랐다. 그냥 널
알고 싶었어.

순간의 갈피마다 담긴 진서의 마음이 내 안에서 소용돌이쳤다.
그것은 나를 지탱하게 해준 힘이었다. 진서가 지나온 물범의 시
간도 그 어디쯤에 있지 않을까. 네가 나와 같은 곳을 보고 있으면
좋겠다고 생각했어. 멀리 아득한 심연에서 자맥질하는 진서의 모
습이 떠올랐다.

별들의
장소

엄마와 내가 이곳에 도착했을 때 내리기 시작한 비가 사흘째 계속되었다. 호수의 별을 보지 못해 아쉬웠다. 하지만 세상이 비를 중심으로 이어지는 느낌만은 좋았다. 비가 내리는 동안은 아무 일도 일어나지 않을 것 같고, 어떤 일이 일어나도 담담할 것 같았다. 어쩌면 나는 비가 주는 몽환적인 느낌을 즐기는지도 모른다.

　콘플레이크에 우유를 부어 마시고 어제 읽다 만 소설책을 들었다. 오늘은 어제와 다를지 모른다는 생각에 다시 읽기 시작했다. 여전히 재미가 없었다. 책을 덮고 별장을 나와 호수로 향했다.

　비가 부슬부슬 오는 호숫가에는 안개가 짙게 드리웠다. 비안개가 없었다면 앞쪽으로 펼쳐진 호수가 장관이었을 텐데. 비가 하늘과 호수의 경계를 지워버렸다. 빗속에서는 모든 것이 느리게 움직였다. 나도 느릿느릿 걸었다.

반 바퀴쯤 돌았을 때, 한 아이가 호수를 향해 서 있는 게 보였다. 호수를 돌고 있었는지, 줄곧 거기에 서 있었는지는 알 수 없었다. 푸른색이 도는 티셔츠에 청바지 차림이었다. 왠지 호수와 잘 어울리는 애라는 생각이 들었다. 그 애가 있어 호수가 더욱 호수답다고나 할까, 호수 또한 제 모습을 찾은 것처럼 보였다. 발소리를 죽였는데도 인기척을 알아챘는지 그 애가 돌아보았다. 순간, 걸음이 절로 멈췄다. 아주 잠깐이었지만 길게 느껴졌다. 그 애는 나를 지나쳐서 내가 지나온 길 쪽으로 걷기 시작했다. 그 애의 모습이 머릿속에 남아 몇 번이나 뒤를 돌아보았다.

얼마나 걸었을까, 안개가 조금씩 걷히고 있었다. 그럼에도 길을 잃고 말았다. 외길인 줄 알았는데 외길이 아니었나 보다. 허둥대며 발을 옮기는데 안개 속에서 희미한 불빛이 보였다. 불빛이 이끄는 대로 걸었다. 카페 '호수의 고요.' 길도 묻고 옷도 말릴 겸 안으로 들어갔다.

호수에서 본 아이가 카운터에 서 있었다. 가까이서 보니 키가 크고 마른 편에다 짧은 머리엔 노란 물을 들였다. 그 모습이 새와 겹쳐졌다. 노란 머리와 푸른 깃털을 가진 새. 안개와 비가 주는 착시 때문인지도 모른다. 카페에는 그 애와 나뿐이었다.

"혼자예요?"

이른 시간에 이런 곳에 혼자?라고 말하는 어조였다.

"네."

여기 처음이냐고 그 애가 물었다. 카페는 처음이지만 호수에는 가끔 온다고 말했다. 그 애가 고개를 끄덕이며 메뉴판을 내밀었다. 아메리카노를 주문하고 사과파이를 추가했다.

호수가 보이는 곳에 자리를 잡았는데, 그 애도 보였다. 그 애는 커피 머신 앞에서 한참 뜸을 들이고는 필터의 가운데서 바깥쪽으로 소용돌이를 그리듯이 물을 따랐다. 마음을 다하는 몸짓이 커피 맛에 대한 믿음을 갖게 해주었다.

그 애는 커피와 사과파이를 가져다준 뒤 카운터로 가서 창밖을 바라보았다. 이마를 덮은 머리칼을 이따금 손으로 쓸어 올렸다. 그럴 때마다 넓은 이마가 드러났다. 남자애치고 이목구비의 선이 가늘었다. 무엇보다 자신이 어떤 매력을 발산하는지 전혀 모르는 듯 무심한 표정이었다.

커피와 파이가 어우러져 빚어낸 맛과 향기가 그만이었다. 조금 전까지만 해도 안개 낀 호수를 바라보며 카페에 앉아 있을 줄은 몰랐다. 뜻하지 않은 행운과 맞닥뜨린 기분이었다. 커피를 홀짝거리며 실내를 둘러보았다. 섬세한 손길이 느껴지는 조각품들을 지나 책이 제법 꽂힌 책꽂이에 눈길이 가닿았다. 내 마음속의 무언가가 나로 하여금 그쪽으로 향하게 했다. 책꽂이에는 시집과 수필집이 대부분이었다. 제목만 봐도 절로 힐링될 것 같은 책, 이런 곳에서 읽기에 맞춤한 책들이었다.

시집 한 권을 들고 자리로 돌아왔을 때도 그 애는 바깥에 시선을 두고 있었다. 바깥 풍경 외에 다른 것에는 관심이 없어 보였다. 나는 자꾸 그 애에게로 향하는 눈을 애써 시집으로 돌렸다. 사랑이니 이별이니 그리움이니 하는 언어들이 오히려 몰입을 방해했다. 아니, 나는 처음부터 시집보다는 그 애를 의식했다. 그 애는 안개와 호수에 더해 또 하나의 매혹으로 다가왔다.

엄마와 나는 2년 전부터 계절이 바뀔 때마다 이곳을 찾았다. 아빠가 갑작스럽게 우리 곁을 떠난 뒤였다. 물론, 엄마 친구 가족이 외국으로 간 까닭에 가능한 일이었다. 언제든지, 그것도 무료로 이용할 수 있다는 것 외에도 호수와 주변 풍광이 좋았다. 엄마와 나의 오롯한 휴양지. 우리는 그 집을 별장이라고 불렀다. 곧 엄마 친구가 돌아올 거라고 했다. 이번이 마지막이라는 게 아쉽지만, 지난 2년의 행운도 고마워해야 할 거였다.

엄마는 친구와 가끔 이곳으로 낚시를 하러 왔다. 남자 친구와 함께 온다는 걸 어렴풋이 짐작했다. 여자 친구보다는 남자 친구와 낚시할 확률이 높았다. 엄마에게 대놓고 물어보지는 않았다. 그의 존재를 받아들이지 않는다는 나름의 표현이었다.

낚시를 즐기는 남자와 등산을 좋아하는 아빠는 어떻게 다를까. 아빠도 등산이 아니라 낚시를 좋아했다면 엄마와 헤어지지 않았을까. 아니, 떠난 것은 아빠지 엄마가 아니었다. 아빠는 왜 엄마와 나를 떠났을까. 아빠가 만난 여자는 아빠와 함께 등산을 다닐는지도 몰랐다. 연애 시절에 아빠는 다른 남자가 엄마를 채 갈까 봐 하숙집도 엄마 집 근처로 옮겼다고 들었다. 그랬던 아빠가 왜? 하는 의문이 종종 나를 혼란스럽게 했다. 엄마와 아빠를 갈라놓은 진짜 이유는 뭘까. 물론, 그걸 안다고 해도 달라질 것은 없겠지만.

2년 전까지만 해도 우리 가족은 화목한 편이었다. 아빠는 지방 공무원으로, 엄마는 영양사로 각자의 자리에서 열심히 일했다. 둘 다 약속이나 한 듯이 나를 구속하지도, 무언가를 강요하지도 않았다. 다만 아빠는 자신을 사랑해라, 엄마는 자존감을 가지라는 것 정도를 입버릇처럼 강조했다. 표현만 달랐지, 그 말이 그 말이었다. 그러기가 쉽지 않다는 면에서도 비슷했다. 어쨌거나 나 또한 평범한 외모에 성적은 중상위권이고, 예민한 구석이 있기는 하지만 대인 관계도 원만했다. 무엇보다 남자 친구 윤우가 있었고, 그 애는 다감했다.

시간은 잔잔한 물처럼 흘러갔고, 나는 그럭저럭 운이 좋은 편이라고 생각했다. 그런데 중학교 3학년에 올라온 뒤부터 달라졌다. 나를 향해 있던 행운의 화살들이 줄줄이 낙하하는 것을 보는 느낌이라고나 할까. 나쁜 꿈에서 겨우 깨어났을 즈음, 또 다른 나쁜 꿈이 기다리고 있는 격이었다. 우선 아빠가 다른 여자를 만나 엄마와 내 곁을 떠났고, 대상을 목표로 했던 사생대회에서 장려상도 받지 못했다. 체육 시간에 발목을 접질려 인대에 염증이 생겼는가 하면, 최근에는 윤우와 다퉜다.

다툼이라는 게 늘 그렇듯 사소한 일에서 비롯되었다. 그날 우리는 수행평가 과제를 하기 위해 스터디 카페에서 만났다. 휴게실에 앉아 코코아를 마시며 과제 이야기를 나누었는데, 그날따라 날씨가 습한 데다 휴게실은 붐볐고 하필 에어컨이 가동되지 않았다. 땀을 많이 흘리는 나는 그날따라 손수건까지 가져오지 않아 짜증이 났는데, 윤우는 별로 개의치 않는 눈치였다. 나는 과제에 대한 의견이 다를 때마다 퉁명스럽게 말했다. 그 말투가 윤우에게도 짜증을 불러일으킨 듯했다. 과제는 이미 눈에 들어오지 않았다. 자존심 때문에 먼저 일어나지 않았을 뿐 기회만 엿보았다.

그런데 옆자리에 앉은 아이가 일어서다가 탁자를 쳐서 컵이 넘어졌고, 그 바람에 윤우의 바지가 코코아로 얼룩졌다. 당황한 탓인지 그 애는 사과도 제대로 하지 않았다. 사과하셔야죠. 내 말투와 행동이 거슬렸을까, 윤우는 왜 그러냐며 도리어 그 애 편을 들었다. 나는 거기에 또 화가 나서 지금 누구 편을 드는 거냐고 맞받았다. 우리를 지켜보던 그 애가 미안하다고 했다. 하지만 이미 둘 사이에 벌어진 틈을 메꾸지는 못했다. 결국 우리는 서로에게 단단히 삐친 채 헤어졌다.

집으로 돌아와 윤우에게 생일 선물로 받은 마카롱을 다섯 개나 먹었다. 입안에 달콤한 기운이 퍼지자 피로가 조금씩 가셨다. 윤우와의 일도 무덤덤하게 느껴졌다. 그만한 일로 다투다니. 윤우에게 사과하려고 휴대전화를 들었다. 먼저 분위기를 깬 것은 나였으니까. 하지만 어떤 경우에라도 윤우는 내가 아닌 다른 사람의 편에 서서 말하면 안 되는 거였다. 사과는 윤우가 해야 한다는 생각이 들었다. 평소처럼 괜찮냐,라고 묻기만 하면 얼른 괜찮다고 말할 작정이었다. 휴대전화를 들었다 놓았다 하면서 연락이 오기를 기다렸다. 시간이 꽤 흘렀는데 전화도 톡도 오지 않았다. 기분이 점점 가라앉고 맥이 빠졌다.

밤 10시쯤 되어서야 톡이 왔다. 우리 이제 그만 만나…… 아슬아슬하게 나를 지탱해주고 있던 줄 하나가 툭 끊기는 느낌이었다. 헤어지자는 말을 그렇게 쉽게 해도 되는 건가? 나를 이 정도로밖에 생각하지 않았던 건가? 아니, 윤우가 보낸 톡의 행간에는 더 이상은 못 참겠어,라는 말이 배어 있었다. 뭘 더 못 참겠다는 거지? 그동안 뭘 그렇게 참았는데? 전에는 참을 수 있었는데 지금은 안 된다고? 왜 이제야 그런 말을 하는 건데? 머릿속에서 무수한 문장들이 스쳤다. 막상 뭐라 말해야 할지 몰라 답신을 보낼 수 없었다.

다음 날 학교에서 마주쳤는데, 윤우는 알은체하지 않았다. 이건 뭐지? 혹시나 했는데, 다음 날은 아예 눈도 마주치지 않았다. 그다음 날은 내가 먼저 외면했다. 그렇게 1주일이 지났다. 그때 엄마가 여행을 가자고 했고 체험 학습원을 내고 따라나섰다.

안개는 조금 걷혔지만 비는 그치지 않았다. 이 카페 또한 빗속에 둥둥 떠 있는 것 같았다. 무풍 에어컨 덕분에 카페 안은 조용하고 쾌적했다. 문득 윤우에게 전화를 걸고 싶었다. 잠시 망설이다 전화를 걸었지만 윤우는 받지 않았다. 휴대전화 화면을 바라보고 있는 윤우의 모습을 떠올렸다. 윤우는 신중한 애였다. 지키지 못할 약속을 하지 않듯이, 자기가 한 말을 번복하지도 않을 거였다. 윤우와의 이별을 받아들여야 하는 걸까. 그동안 왜 윤우와 헤어질 수도 있다는 생각을 한 번도 해보지 않았을까. 더구나 윤우로부터 먼저 헤어지자는 말을 들을 거라고는 상상도 하지 못했다. 어쨌거나 이별에도 연습이라는 게 필요한 게 아닐까.

아니, 우리의 이별은 이미 예정되었던 것인지도 모른다. 지연이 네가 좋으면 난 다 좋아. 네가 먹고 싶은 걸 나도 먹고 싶어. 그거 내가 해줄게. 윤우가 모든 걸 받아주는 데 익숙해져서 윤우는 늘 그래야 한다고, 그게 윤우라고 믿어버린 순간부터. 나도 모르는 사이에 번번이 양보를 강요했고, 윤우는 더 견딜 수가 없게 되었는지도 모른다. 휴대전화의 종료 버튼을 누르는 손끝이 떨렸다.

카페를 나와 별장으로 돌아왔다. 나는 이 집의 구조가 마음에 들었다. 집은 낡았지만 복층이었다. 넓은 거실이며 샹들리에, 고풍스러우면서도 격조 있는 카펫과 장식물들은 영화에나 나오는 저택 분위기가 났다. 그 분위기가 나를 일상과는 동떨어진 곳으로 데려다주었다. 비현실적이어서 오히려 편안한 공간. 별장에 가서 아무것도 하지 말자, 잘 쉬는 것도 능력이다,라고 말한 엄마는 역시 현명하다는 생각이 들었다. 하지만 다섯 시간쯤 지나자 빈둥대는 것에도 한계가 왔다. 다시 호수에나 나가볼까 하고 있는데 그 애가 찾아왔다.

"이 집에서 지내는구나?"

그 애가 물었다. 이미 짐작하고 있었다는 눈빛이었다.

"엄마 친구 집이야."

그 애는 오래전부터 이 동네에 살고 있고, 이 집 열쇠 또한 갖고 있었다. 이따금 들러 청소나 환기를 해주는 대신 책을 마음대로 볼 수 있었다. 일종의 아르바이트였다. 우리와 같은 방문객이 있을 때는 어지간하면 오지 않았다. 오늘은 빌려 갔던 책들을 다 읽어서 반납하고, 다른 책을 빌리러 온 거였다.

그 애를 따라 서재로 향했다. 2층 끝에 있는 방은 늘 잠겨 있어서 들어가볼 생각도 하지 못했다. 문을 열자 오래된 책 냄새가 훅 풍겼다.

"전엔 사람들이 많이 드나들었는데……"

엄마 친구는 이 방에서 책을 좋아하는 사람들과 모임을 가졌다. 지금은 찾아오는 사람이 없었다. 주인 없는 집을 찾는 게 쉽지는 않을 테니까. 게다가 책은 전집류가 대부분이고 신간은 없었다. 어지간한 독서광이 아니라면 관심 갖지 않을 책들이었다. 그 애는 이 서가의 책들을 꿰고 있는 듯했다. 서가를 둘러보지도 않고 곧장 한 곳을 향해 가더니, 어느새 책을 찾아 손에 들고 있었다. 나는 제목이 말랑말랑한 시집 한 권을 빼서 책장을 넘기다 말고 그 애에게 다가갔다.

"무슨 책이야?"

내가 묻자 그 애는 책을 들어 표지를 보여주었다. 『노인과 바다』. 나도 읽은 책이었다. 사람은 파멸당할 수는 있을지언정 패배하지는 않는다, 라는 구절이 인상적이었다. 스스로 작살을 꽂은 청새치에게 동지애를 느끼는 노인의 마음과 운이 다한 노인의 유일한 지지자인 소년도 가슴에 남았다. 굳이 설명하지 않고도 어떻게 살아야 하는지 생각하게 해주는 책이었다.

자세히 보니 그 애는 처음 봤을 때보다 피부가 하얗고 조금 어려 보였다.

"넌 책을 많이 읽나 봐?"

그 책을 봤다는 말 대신, 그렇게 말했다.

"카페 아르바이트 끝나면 할 일도 별로 없고, 이 작가의 책을 몇 권 읽었는데, 끌려서."

나는 고전이라면 수행평가나 토론 대회를 위해 읽는 거라고 여겨왔다. 주체성이 강한 애임이 분명했다.

"뭐 좀 마실래? 내가 가져올게."

나는 마치 이 집 주인이라도 되는 것처럼 말했다. 그 애가 고개를 끄덕였다. 엄마가 잠을 자기 위해 마시는 허브차를 가져다주었다.

"향기 좋다. 머리가 맑아지고 기분이 좋아지는 차 같아."

그 애가 말했다. 인사치레라고 해도 기분은 좋았다.

나는 아침에 마신 커피와 사과파이 맛도 환상적이었다고 말해주었다. 그 애는 둘이 잘 어울리는 조합이라며, 오히려 내 선택을 추켜세웠다. 바리스타가 꿈인데 자격증 딴 지 얼마 안 된 초보라고, 멋쩍은 듯 뒤통수를 긁적였다. 핸드드립 커피가 주는 여유로움에 흠뻑 빠졌다나. 커피를 내릴 때마다 세상에 하나밖에 없는 커피라는 느낌을 주기 위해 노력한다고 했다.

밖에는 여전히 비가 내리고 있었다. 창문을 열자 빗소리가 들려왔다.

"여기에 얼마나 더 있을 거야?"

그 애가 물었다.

"앞으로 이틀 정도."

그 애는 이 집의 방문객이 귀찮을 수도 있을 거였다. 이틀 정도라면 괜찮다고 여길까. 이런 생각을 하는 것도 지나칠는지 모른다.

"서울에서 왔어?"

"서울은 아니고, 근처 도시야. 부천이라고."

그 애는 만화로 유명한 곳이네, 라고 말했다. 친구 중에 웹툰 작가가 꿈인 애가 있어서 들었다고. 나는 만화 축제도 한다고 말해주었다. 놀러 오라고 하려다가 지레 민망해서 그만두었다.

"넌 여기가 고향이야?"

그 애가 고개를 끄덕였다.

"여기서 주욱 살았어?"

나는 굳이 하지 않아도 될 질문을 하고 있었다. 대화가 끊길지도 모른다는 조바심 때문이었을 것이다.

"아니."

한 시간 거리의 광역시에 있는 중학교에 진학했다가 한 학기를 마치고 돌아왔다고 했다. 호수 때문이었다. 언제라도 달려갈 수 있는 호수가 없는 곳은 의미가 없었다. 아니, 호수 안의 무언가가 이곳으로 돌아오라고 이끌었다.

호수, 라고 발음할 때마다 그 애의 눈에 파문이 일었다.

아래층에서 나를 부르는 엄마의 목소리가 들렸다. 그 애와 이

야기를 더 나누고 싶었다. 그 애도 그런 눈치였다. 물론, 나의 착
각일 수도 있었다. 아래층을 향해 조금 이따가 내려가겠다고 큰
소리로 말했다.

"너, 그림 잘 그리지?"

묻는 것이라기보다 확신에 찬 어조였다.

"잘 그리지는 못하지만 그림 그리는 걸 좋아하긴 해. 근데 어떻
게 알았어?"

"손 보고. 우리 엄마 손이랑 닮았어. 손가락이 길고 특히 손톱
의 바디가 긴 거. 새끼손가락 끝이 안쪽으로 구부러진 것도."

"혹시, 엄마가 화가?"

"아니. 그림보다는 수를 잘 놓으셨어. 재봉틀에 앉으면 뭐든지
뚝딱 만들어내셨고. 그걸 갖고 싶어 하는 사람들이 많았어. 엄만
다 나눠주셨지."

동네에서 그 애 엄마가 만든 것을 가지고 있지 않은 집이 거의
없었다. 이 집에 있는 탁자 보도 그 애 엄마의 솜씨였다. 엄마도
이 집의 장식품 중에서 유독 보라색 수국 자수가 돋보이는 탁자
보에 눈독을 들였다. 꽃이 어쩜 이렇게 탐스러울까. 진짜보다 더
진짜 같지 않니? 이런 수를 놓은 사람은 마음도 고울 거야. 아, 그
래서 엄마는 수를 못 놓는 거네. 너, 엄마 딸 맞아?

"엄만 내가 초등학교 4학년 때 돌아가셨어."

그 애가 덤덤하게 말했다.

"아빤 내가 태어나기도 전에."

그 애는 엄마가 돌아가신 뒤부터 호수 서쪽에 있는 보육원에서 살아왔다.

이럴 때는 무슨 말을 해야 할까. 누군가 내 머릿속 생각들을 지워버리기라도 한 것처럼 멍할 따름이었다.

"난 엄마하고만 사는데."

그 애는 이번에도 짐작하고 있었다는 눈빛이었다.

"엄마랑은 별문제가 없는 것 같고, 혹시 남자 친구랑 싸웠어?"

낯선 아이에게 이런 말을 듣다니, 얼굴이 화끈거렸다.

"너 혹시 신기 같은 거 있어?"

"카페에 왔을 때 휴대전화 자주 들여다봤잖아."

내가 그랬다는 것조차 모르고 있었다. 관찰력이 뛰어난 애임에 분명했다.

"왜 그렇게 됐는지도 알아?"

"그건 잘 모르겠어. 하지만 한 가지는 알 것 같아. 네가 좀 예민하다는 거."

처음 보는 애에게 치부를 들킨 느낌이었다. 얼굴이 달아올랐다. 표정도 일그러졌을 게 뻔했다. 이런 모습이야말로 예민하게 비칠 수 있겠지. 내 첫인상이 둥글둥글하지 않다는 것도 인정했다.

하지만 그런 것쯤은 누구라도 조금만 들여다보면 알 수 있는 게 아닐까. 손가락만 해도 다른 사람보다 잘 휘어져서 식초를 많이 먹었냐는 말을 종종 듣곤 했다.

"내가 예민하다고?"

나는 시치미를 떼고 되물었다. 그 애는 무슨 생각을 하는지 뜸을 들였다. 타로점을 볼 때처럼 집중력이 필요하고 에너지가 소모되는 대화였다. 나는 그 애에게서 눈을 떼지 않았다. 그 애의 대답 너머에서 무언가를 찾아내고 싶었다.

"그럴 거라고 느꼈어. 그냥 직감으로."

그 애의 말에 나도 모르게 웃음이 비어져 나왔다. 그 애도 웃었다. 이번에는 내가 말할 차례였다. 아니, 묻고 싶은 게 있었다.

"아까 호수에서 뭘 보고 있었는지 물어봐도 돼?"

"아까 말했잖아. 호수 안의 뭔가가 나를 끌어당긴다고."

"그게 뭐야?"

"어떤 눈."

그 말을 하는 그 애의 눈빛이 흔들렸다. 호수 안의 어떤 눈이 끌어당긴다니.

내가 묻는 말에 대답은 했지만 오히려 궁금증을 더해주는 말이었다. 하지만 어떤 눈이냐고 묻지 못했다. 그 애는 무슨 말을 하려다가 말고 한동안 말없이 창밖을 내다보았다. 이윽고 고개를 돌렸을 때는 조금 전보다 눈빛이 안정되어 있었다.

"이제 그만 가볼게."

"어, 그래."

그 애를 붙잡고 싶은 마음을 눌렀다. 마침 주머니에 메모지와 펜이 있다는 걸 깨달았다. 전화번호를 적어 건넸다. 그 애는 의외라는 듯 나를 물끄러미 쳐다봤다. 나는 반사적으로 고개를 떨어뜨렸다가 그 애의 눈을 뚫어져라 바라봤다. 연락해도 돼?라고 그 애가 눈으로 물었다. 물론이지,라고 나는 눈으로 답했다.

온몸이 노곤해서 침대에 누웠다. 깜박 잠이 들었다가 눈을 떴을 때는 온몸이 흠뻑 젖어 있었다. 한기가 몸을 감쌌다. 커튼을 젖히고 창밖을 내다보았다. 그새 비는 그쳤고 바람이 제법 세게 나뭇가지를 흔들었다.

엄마는 약속이 있으니, 나더러 혼자 저녁을 먹으라고 했다. 남자 친구를 만나러 가는 거겠지. 엄마의 남자 친구는 어떤 사람일까. 나는 가끔 그가 엄마와 나 사이를 갈라놓지는 않을까 불안했다. 프랑수아즈 사강의 소설 『슬픔이여 안녕』에 나오는 주인공의 심리를 떠올리곤 했다. 물론, 그런 결말을 바라는 건 아니었다.

비 갠 저물녘의 적막 속에서 시간은 아주 느리게 흘렀다. 문득 떠오르는 게 호숫가의 카페였다. 호수의 고요. 고요라는 말과 가장 잘 어울리는 것이 호수 말고 또 있을까. 그 애가 호수와 어울리듯이 고요와 호수도 한 짝이었다. 아니, 그 애의 눈에 일었던 파문이야말로 호수를 떠올리게 했다.

카페에 들어서자마자 카운터부터 살폈다. 그 애 대신 엄마 또래의 여자가 서 있었다. 그 애가 없어서 다행이라는 생각과 아쉬움이 뒤섞였다. 손님이라고는 젊은 남녀 한 쌍과 중년 여자 둘이 다였다. 그들은 소곤소곤 이야기를 나누었다. 나는 티라미수와 홍차를 주문하고 아침에 앉았던 자리로 갔다.

이곳에 윤우와 함께 있다면 어떨까. 웬일인지 그 모습이 그려지지 않았고 그 사실이 당혹스러웠다. 내 안의 내가 윤우와 헤어지는 걸 받아들인 걸까. 헤어지자는 말을 들은 지 얼마나 됐다고. 사강의 소설 『한 달 후, 일 년 후』의 한 구절을 떠올렸다. 언젠가 나도 당신을 사랑하지 않게 되겠죠. 그리고 우리는 다시 고독해지겠죠……

티라미수와 홍차를 반쯤 먹었을 때 문자메시지가 들어왔다. 그 애였다.

혹시 시간 되면 낚시터로 나올래? 안 나와도 괜찮아.

호수 남쪽 커다란 바위 아래. 낚시를 한 적은 없지만 엄마와 한 번 가보기는 했다. 그야말로 낚시하기에 좋은 장소였다. 어둠 속에서 낚시를 하자는 건가? 낚시할 게 아니라면 굳이 거기서 만날 이유가 뭐지? 호수를 볼 거라면 다른 곳도 얼마든지 있는데. 어쨌거나 중요한 건, 내 마음속의 내가 그 애를 만나고 싶어 한다는 거였다.

점퍼를 챙기려고 별장에 갔다가 옷을 갈아입은 뒤 거울 앞에 섰다. 이곳에 온 후로 거울을 본 건 처음이었다. 현실과 비현실의 경계에서 서성이는 모습이라고나 할까, 거울에 비친 내 모습이 낯설었다.

하늘에 별이 빼곡한 데다 곳곳에 가로등이 켜져 있어 밤은 더욱 고요했다. 바위 쪽으로 난 오솔길로 접어들었다. 비죽비죽 솟아오른 풀들이 발목을 간질였다. 나무들은 잎을 넓게 펼치고 길을 열어주었다. 간간이 나뭇잎을 스치는 바람 소리가 들려왔다.

나무 아래 앉아 있는 그 애를 나는 얼른 알아보지 못했다. 그 애가 나를 보고 일어서서 손짓했다.

"와, 별이 장난 아니네. 네가 아니었다면 보지 못했을 거야."

문자를 보고 반가웠다고 하는 대신 나는 다른 말을 했다.

"여긴 별들의 장소야."

안개가 오지 않는 밤이면 호수에는 무수한 별들이 모여들었다. 우주의 모든 별이 호수에 다 모여든 것처럼 보였다. 오늘도 그런 밤이었다. 그 애와 나는 동시에 하늘을 올려다본 뒤, 별빛이 드리운 호수를 바라보았다.

"별들은 이 호수에서 장렬한 죽음을 맞이하거든."

그 애가 말했다.

과학 시간에 배운 초신성 폭발! 거대한 별이 극적으로 죽음을 맞이하는 모습이었다. 그것은 별들이 우주로 환원하는 과정이었다.

"인간은 별의 후손이래. 그게 우리가 별을 사랑하지 않을 수 없는 이유고."

나는 그렇게 말하고는 잠시 숨을 돌린 뒤 계속했다.

초신성 폭발 후에 생긴 원소들이 오랜 세월에 걸쳐 다시 뭉쳐서 새로운 별이 만들어진다, 그 원소들이 우리의 몸속에도 있으니 우리는 별의 후손이라고.

그 애는 고개를 끄덕였다.

"별들은 스스로를 태워 우주를 밝힌다고 하는데, 정말일까?"

그 애가 물었다.

"그렇게 믿으면 그런 거 아닐까?"

내가 대답했다.

"내가 아는 별이 또 있어. 아까 말한 어떤 눈……"

그 애가 하늘을 가리켰다.

"저게 황소자리, 그 동쪽에 나란히 있는 별이 쌍둥이자리야. 두 별 중 왼쪽 게 조금 먼저 뜨는데 형 카스토르, 오른쪽 별이 동생 폴룩스."

밝기는 거의 비슷한데, 자세히 보면 형보다 동생이 조금 더 밝았다. 형은 다리가 짧고, 동생은 다리가 상체보다 길었다. 이 둘은 어울리지 않는 외모의 이란성 쌍둥이지만 어깨동무를 하고 있었다.

그 애는 별에 대해 아는 게 많았다. 나는 그 애의 이야기에 흥미를 느꼈다. 그 애가 계속했다.

어느 날 카스토르가 죽고 말았어. 슬픔에 잠긴 폴룩스는 아버지 제우스를 찾아가 자신도 죽게 해달라고 했지. 감동한 제우스가 그들의 우애를 기리기 위해 영혼을 두 개의 밝은 별로 만들었고. 그것이 바로 쌍둥이자리야. 우리나라에서는 형제별이라고 해.

그런 우애가 있다니, 새삼 푸근하면서도 가슴이 알알했다.

무언가 특별한 말을 하려고 할 때처럼 그 애의 눈이 깊었다.

"보육원에서 친형제처럼 지내던 녀석이 있었어. 별명이 별 박사였어. 별자리 이야기도 그 녀석이 해준 거야. 나는 그 녀석을 별,이라고 불렀어. 그 녀석이 그렇게 불러달라고 했거든. 자기는 별이었는데 하늘에서 나를 만나려고 지구로 내려온 거라며."

별은 유난히 그 애를 따랐다. 둘은 밥 먹을 때나 잠잘 때는 물론, 화장실에 갈 때조차 붙어 다녔다. 아프거나 속상한 일이 있을 때면 별이 늘 옆을 지켰다. 그 애가 밥을 먹지 않으면 별도 먹지 않았고 자지 않으면 별도 자지 않았다. 서로에게 위안이 되는 존재, 그 애는 별이 곁에 없다는 건 생각할 수도 없었다.

그 애가 말을 멈추고 길게 숨을 내쉰 뒤 다시 말문을 열었다.

"중학교 3학년 때였어."

하늘에 별이 유난히 많은 밤이었다. 동생 별이 호숫가에 나가 자고 해서 함께 나갔다. 호수에서 커다란 물고기가 수면 위로 한 번씩 치솟아 올랐다. 별이 물고기를 잡고 싶다고 했고, 그 애는 그걸 잡아주고 싶었다. 호수로 뛰어들었는데, 갑자기 다리가 뻣뻣해지고 온몸의 맥이 풀렸다. 몸이 가라앉는다고 느꼈을 때, 별의 손이 그 애를 이끌었다. 별은 온 힘을 다해 헤엄쳤다. 이윽고 둔덕에 다다라 별이 그 애의 몸을 받쳤다. 형, 올라가! 빨리! 순간, 흙더미가 내려앉았다. 몸이 미끄러져 내리고, 손에서 손이 스르륵 빠져나갔다. 별이 멀어지고 있었다. 별과 눈이 마주치는 순간, 몸이 떨렸다. 이내 별의 모습이 보이지 않았다. 그 애는 다시 물속으로 뛰어들었지만 끝내 별을 찾을 수 없었다.

나는 무언가 위로의 말을 해야 한다는 생각이 들었지만 적당한 말을 찾지 못했다.

"녀석하고 눈이 마주치는 순간에 말이야……"

그 애는 녀석을 다시 보지 못할 거라고 예감했다. 그날 밤 내내 녀석의 목소리가 들렸다. 형, 형! 처음에는 작은 소리로, 점점 다급하고 큰 소리로, 나중에는 알 수 없는 소리로 이어졌다. 그 애는 그것이 이 세상에서 무언가가 사라질 때 나는 소리라는 걸 알 수 있었다. 다음 날 아침, 별은 호수의 수면 위로 떠올랐다.

"녀석이 그렇게 떠난 뒤에 난 늘 혼자였어. 시간은 녀석을 잊게 해주었지. 다만, 녀석이 나를 마지막으로 바라보던 눈만은 머릿속에서 떠나지 않았어. 녀석의 눈에 호수가 들어 있었거든."

나는 무슨 말을 해야 할지 몰라 입을 다물었다. 내 눈이 머문 곳은 그 애 등 뒤의 어둠이었다. 침묵이 이어지는 동안에도 나는 여전히 그 애의 목소리를 듣고 있었다. 내 마음속의 별들이 호수 위로 쏟아져 내리고 있었다.

"별을 호수에 묻어줬어."

그 애는 호수에 녀석의 유골을 뿌리면서 여기서 잘 자고 있으라고 했다. 그래야만 언제라도 와서 볼 수 있을 것만 같았다.

"그러니까 별은 호수에 잠들어 있는 거네."

그 애가 나를 쳐다보았다. 눈에서 빛이 났다. 나는 그 애의 맑간 눈에 어린 것이 무엇인지 알 수 있었다.

"너, 아니?"

"응?"

"네 눈 속에 호수가 들어 있는 거 말이야. 별을 품은 호수."

나는 그 애에게 눈을 감아보라고 했다. 그 애는 잠시 머뭇거리다가 눈을 감았다. 나는 그 애의 눈에 손을 올렸다.

"별들이 네 안으로 들어가고 있어."

나는 말했다.

"왠지 이젠 혼자가 아닌 것 같아. 별과 더불어 내가 될 수 있을 것 같아. 나 자신 말이야."

그 애가 말했다.

그 애를 통과해 온 별들이 내 안으로 들어오는 걸 느꼈다.

"별들의 장소에 초대해줘서 고마워."

잊지 못할 거야, 라고 나는 속으로 덧붙였다. 그래, 세월이 잊게 한다고 해도 별들은 기억해줄 거야, 라고 그 애가 눈으로 말했다.

그 애와 헤어진 뒤 나는 별장으로 돌아와 윤우에게 전화를 걸었다. 전화를 받으면 괜찮으냐고 물을 생각이었다. 곧 괜찮아질 거라고, 그러기를 바란다고 말하려 했다. 별들의 장소에 대해서도 이야기하고 싶었다. 하지만 신호음만 계속 울릴 뿐이었다. 윤우는 휴대전화의 진동이 멈추기를, 화면의 불빛이 사라지기를 기다리고 있을까.

이 전화를 끊고 나면 당분간 윤우에게 전화를 거는 일은 없을 것이다. 어쩌면 그 시간은 생각보다 길게 이어질 테고. 내 안에 들어온 별들로 인해 나는 오래도록 내가 되어갈 것이다.

신이
내린 날

오늘은 1년에 한 번 있는 개교기념일이다. 마침 부모님도 여행을 떠났다. 시아가 학교에 가고 나면 나는 완벽한 자유의 몸이었다. 누구의 눈치도 보지 않고 맘껏 게임할 생각을 하니 절로 휘파람이 나왔다.

낮에는 친구 J와 쇼핑몰에 가서 요즘 트렌드도 살필 겸 옷이나 실컷 입어봐야지. 엄마는 시아의 다이어트에는 팔을 걷어붙이면서 내 외모 관리에는 나 몰라라 했다. 시아의 옷이나 소지품을 살 때는 함께 고르면서 내 건 엄마 마음대로 사다 주었다. 뿐인가, 내 말은 중요한 내용도 한 귀로 듣고 한 귀로 흘리면서 시아가 하는 말이라면 농담이나 거짓말도 귀담아들었다. 이건 엄연한 차별인데 하소연할 데가 없었다. 아빠도 시아 말이라면 꼼짝 못 했다. 시아와 이란성 쌍둥이가 아니었다면, 나는 다리 밑에서 주워 온 게 아닐까 의심했을 것이다.

시아가 내 앞에서 알짱거렸다.

"너, 학교 갈 준비 안 하고 뭐 하냐?"

"나?"

"그럼 여기 너 말고 누가 있어?"

"그러네. 근데 오늘 우리 학교에 누가 오는 줄 알아?"

그 학교에 누가 오든 무슨 상관인가. 들은 척도 하지 않았다. 시아의 입에서 걸 그룹 출신의, 내가 좋아하는 배우 이름이 튀어나왔다. 귀가 번쩍 열렸다. 그녀가 그 학교 졸업생이라는 건 알고 있었다. 묻지도 않았는데 선후배 간담회가 있다며 시아는 으스댔다. 벌써 SNS로 알려져서 다른 학교 애들도 몰려올 거란다. 오늘이 개교기념일이라니, 이 정도면 나에게도 신이 내린 날이라고 할 만했다. 시아는 역시 학교는 좋은 델 다녀야 한다, 이럴 때 그 배우 사인을 받지 않으면 언제 받냐, 계속 주절거렸다. 서론이 긴 것을 보니까 무슨 꿍꿍이속이 있는 게 분명했다.

"오빠! 부탁 하나 해도 되지?"

그러면 그렇지, 부탁이었군. 코맹맹이 소리에, 오빠? 1년에 한두 번 있을까 말까 한 일이었다. 게다가 배춧잎까지 흔들어댔다. 자그마치 다섯 장이었다. 솔깃했지만, 잘못하다간 잔머리 대마왕에게 낚이는 수가 있다. 욕 한 번 할 때마다 5백 원짜리 동전을 돼지 저금통에 넣는 게 우리 집 규칙이었다. 시아는 번번이 돼지 옆에 동전을 떨어뜨렸다가 다시 챙겼다. 물론, 내가 고자질해서 모조리 압수당하긴 했지만. 그뿐인가, 평소에는 엄마에게 5천 원만, 하다가 엄마 친구들이 오면 만 원만, 하면서 코맹맹이 소리를 냈다. 여우짓도 재능이라면 재능이었다. 말하면 뭐하나. 그런 건 흉내도 못 내는 곰탱이 나보다 백번 낫지.

나는 일부러 심드렁한 표정을 지었다.

"하나밖에 없는 동생 소원 하나 못 들어주냐?"

어라? 이번에는 세게 나왔다. 그렇다고 호락호락 넘어갈 내가 아니지. 지금이야말로 오빠로서의 자리를 굳힐 때였다.

"하루면 돼. 이틀도 아닌, 단 하루! 아니, 딱 여섯 시간."

묻는 말에 대답은 하지 않고 엉뚱하게 시간 타령이었다. 그러고는 다시 배춧잎을 흔들어댔다. 그동안 피땀 흘려 모아온 거라나. 피땀은 무슨, 아빠가 술에 취했을 때를 노려 타내는 걸 다 봤는데.

가만, 이 시점에서 조금 냉철해질 필요가 있지 않을까. 어쨌거나 그걸 주겠다는데. 그 정도면 꿀알바가 아닌가. 다음 주 토요일이 단비와 만난 지 100일째 되는 날이다. 그날이 다가올수록 피가 마르던 차였다. 그사이에 방법을 찾지 못하면 시아의 비밀 금고라도 털어야 할 판이었다. 책상 서랍 깊숙이 넣어둔 지갑에 지폐가 수북하다는 건 벌써부터 알고 있었다. 단비와 놀이공원에 가기 위해서라면 영혼이라도 팔아야 했다.

"뭔데?"

"나 대신 우리 학교에 좀 가달라고."

학교에 가면 가는 거지, 저 대신은 뭔가? 말 돌아가는 낌새가 어딘지 수상했다. 시아 사전에 손해 보는 장사는 없었다.

"내가 왜 너네 학교엘 가냐고?"

"그러니까 그게……"

생리통이 심해서 학교에 갈 수 없다는 거였다. 생리는 공식적으로 결석이 인정된다며 잘도 챙겨 먹더니만. 그게 이유가 아니라는 건 듣지 않아도 알 수 있었다. 역시 돌아온 대답은 어처구니가 없었다. 나더러 자기 행세를 하라나. 간이 배 밖으로 나오지 않고서야 이렇듯 엉뚱한 제안을 할 수는 없을 터였다.

"야, 그게 말이 되냐? 되는 소릴 해라."

"그게 왜 말이 안 돼?"

"아으, 됐으니까 그만하고 저리 가."

시아가 내 팔을 잡았다. 마음만 먹으면 그렇게 어려운 일도 아니다, 어차피 우리 외모는 복제 인간 수준이다, 가발과 마스크도 있겠다, 목감기 환자 코스프레면 끝난다는 거였다. 물론, 우리는 이란성 쌍둥이지만 일란성 쌍둥이처럼 닮긴 했다. 키도 별로 차이가 안 나고, 옷을 입고 있으면 몸매도 비슷했다. 어지간히 눈이 밝지 않으면 둘을 구별하기 어려운 게 사실이었다. 게다가 마스크를 쓰고 입만 꾹 다물고 있다면 들통날 가능성은 거의 없었다.

하지만 그건 위험한 모험이었다. 다시 한번 못 한다고 못을 박았다.

"하나밖에 없는 동생이 아프다는데 그 정도도 못 해주냐?"

"생리통은 인정결석이라며? 그냥 결석하면 되지."

"내가 생리 불순이라서 쫌 자주 하거든."

"오, 불순?"

"제발 좀 들어주라. 딱 한 번만, 딱 한 번만. 오빠!"

이번에는 애원 모드였다.

"걸리면?"

"안 걸린다니까. 오빠는 내가 하라는 대로만 하면 된다니까. 나머지는 내가 다 알아서 할게. 뒷일도 다 내가 책임지고."

하루에도 열두 번 바뀌는 저 표정. 지킬 박사와 하이드도 시아와 붙으면 케이오로 질 게 뻔했다. 또 고집은 황소 저리 가라였다. 천방지축 장시아가 동생이라는 건 내 인생 최악의 비극이었다. 어쩌다가 저런 애와 쌍둥이로 태어났을까.

"안 돼. 약속 있어."

딱 잘랐더니 아예 눈물 공세였다.

"오늘만 날도 아닌데 약속은 미루면 되잖아."

나는 무심한 척 고개를 저었다. 시아도 물러설 생각이 없는 듯 더 가까이 다가섰다.

"오빠 꿈이 연극배우잖아. 이번 기회에 실력 발휘 좀 해봐. 내가 오빠 예고 가는 거 허락받아줄게. 엄마는 내 말이면 다 통과라는 거 알지?"

예고 가는 걸 도와주겠다니, 이건 잘만 하면 역대급이었다.

엄마는 내 키가 평균 이상이고 팔다리가 쭉쭉 뻗은 데다 얼굴까지 작아 성형외과 견적 하위 5프로에 해당한다고, 그게 다 당신 덕이라며 우쭐했다. 울 아들 이목구비 조합은 완벽하다니까. 게다가 상하좌우 몸의 대칭이나 비율, 어디 하나 빠지는 데가 있나. 어지간한 아이돌 뺨치지. 그러다가도 예고 이야기만 나오면 잘 보고 있던 텔레비전도 꺼버렸다. 길거리 캐스팅 됐다고 에이전시에 가보자고 했다가 1주일 치 용돈이 날아갔다. 그런 데가 다 사기 집단이라는 거 몰라? 거기에 보낼 돈이 없다고 솔직히 말했다면 속이 덜 상했을 것이다. 배우는 아무나 하는 줄 알아? 배우가 되려면 끼가 있어야지, 너 같은 순둥순둥이 무슨 배우야? 그런 소리 할 시간 있으면 공부나 해. 겉으로 보이는 끼만 끼가 아니라는 걸 모르고 하는 소리였다. 이래 봬도 내가 우리 학교 연극부에서는 히어로급 연기파 배우인데.

예고에 갈 수만 있다면 뭔들 못 하겠는가. 거기에 배춧잎이라니, 마음이 오락가락했다. 시아라면 엄마를 설득하고도 남았다. 엄마는 시아 말이면 뭐든 통과였다.

"이제부터 오빠는 장시우가 아니라 장시아야……"

어라? 승낙도 하지 않았는데 사전 교육 시작이었다. 왠지 꼼짝없이 걸려든 느낌이었다.

"자, 이거."

교실과 특별실, 급식실의 위치도와 일정표, 교내 구석구석을 찍은 사진이 들어 있는 메모지였다. 일종의 각본이라고나 할까, 위급한 상황에 대처하는 요령과 주의 사항까지 빼곡하게 적혀 있었다.

까짓 거 단 여섯 시간인데 못 할 것도 없지. 단비와 놀이공원에 갈 수 있다는데. 뿐인가, 고린내의 지옥에서 벗어나 꽃향기 가득한 낙원으로 떠나보자. 시아를 위해, 아니 단비를 위해 몇 시간쯤이야. 연기 연습하는 셈 치면 되겠지. 게다가 꿈에 그리던 그 배우를 볼 수도 있었다. 이런 게 바로 꿩 먹고 알 먹기였다. 그런데 그 학교에는 단비가 다니고 있지 않은가. 아니, 호랑이 굴에 들어가도 정신만 차리면 된다고 했다.

"생각 좀 해보고."

"생각은 무슨 생각? 일단 저지르고 보는 거지."

시아는 다짜고짜 면도기를 들이밀었다. 나는 시아의 손목을 잡아챘다.

"어허, 이게 어떻게 기른 수염인데?"

"깨소금 발라놓은 거 같은 것도 수염이야?"

"야, 너 말 다했어?"

"아니, 그게 아니고."

"아니긴 뭐가 아니야?"

"암튼 수염은 다시 기르면 되잖아."

"어차피 마스크 쓸 건데 수염을 왜 깎냐고?"

"철저하게 대비해서 나쁠 건 없잖아?"

"그럼 두 장 더 쓰든지."

"뭐? 2만 원이나? 2만 원이 무슨 쭈쭈바 이름인 줄 알아?"

"싫음 말고."

"알았어. 2만 원 추가!"

시아가 입술을 실룩이며 말했다.

어느새 내 머리에 가발이 얹혔다. 패션의 종결은 얼굴이라나, 나를 엄마 화장대로 이끌었다. 시아의 입은 입대로, 손은 손대로 바빴다. 잠깐 사이에 해치운 화장술은 거의 사기 수준이었다.

그런데 화장을 하고 보니 웬걸, 곧 무대에 오를 배우가 된 기분이었다.

현관문을 나서는데 갑자기 배가 부글거렸다.

"야, 나 화장실 좀……"

"학교에도 화장실은 널렸어."

시아가 막무가내로 등을 떠밀었다.

"나보고 여자 화장실에 가라고?"

"당연하지. 지금부터 오빠는 장시우가 아니라 장시아라고, 장시아. 알겠어?"

아프다는 애가 현관까지 나와서 손을 흔들어주었다.

"기 센 언니들 많으니까 몸조심하고. 그 언니들 말이야……"

내가 왜 이런 모험을 시작했을까. 할 수만 있다면 30분 전으로 되돌아가고 싶었다. 배춧잎이 원수였다.

기다리지 않아도 때가 되면 막은 오르기 마련, 드디어 교문 앞이었다.

그런데 이건 상상 이상이 아닌가. 복숭아꽃 살구꽃 아기 진달래 울긋불긋 꽃 대궐…… 이러다 꽃 바다에 빠져 죽는 건 아니겠지? 애들은 소리를 꽥꽥 지르지도, 발로 땅을 차지도, 침을 뱉지도 않았다. 그렇다고 질서 정연과도 거리가 멀었다. 그럼에도 오묘하게 사람을 긴장시키는 분위기가 있었다.

그나저나 이 치마라는 건 도통 입을 게 못 되었다. 걸을 때마다 치덕치덕 다리에 감기지를 않나, 여차하면 흘러내릴 판이었다. 시아의 허리둘레는 나보다 2센티미터가 더 굵었다. 살 뺀다고 굶느니 어쩌느니 말뿐이었다. 어제만 해도 치팅 데이라나 뭐라나, 피자 한 판을 혼자 먹어 치웠다. 그건 그렇고, 누가 나를 시아로 착각해서 알은체라도 하면 안 되는데. 환자 콘셉트 유지가 답이었다.

앞에 가는 애 교복은 저게 뭔가. 세탁기에 들어갔다 나온 지 서너 달은 된 듯 엉덩이께가 반질거렸다. 저런 애라면 셔츠에 김칫국물이 안 묻었을 거라는 보장도 없었다. 그런 건 내가 상관할 바 아니고, 단비와 마주치지 않아야 할 텐데. 시아와 쌍둥이라는 걸 알면 괜히 신상이나 털릴 것 같아 말하지 않았다. 반도 다르고 부딪힌 적도 없는지, 단비도 시아에 대해 말한 적이 없었다. 하긴, 시아가 존재감이 없으니 그러는 게 당연하겠지.

학교 건물이 무슨 중세 시대 감옥도 아니고 우중충한 벽돌이라니. 이런 데서 21세기 교육이 이루어지기를 바라는 게 말이 되나 싶었다. 교훈은 대한민국 학교의 절반 정도를 차지하는 '성실과 창의.' 그런 교훈을 쓰는 학교는 이미 창의적이지 못한 거다. 우리 학교 교훈은 뭐였더라. 뭐 비슷한 것 같은데 생각나지 않았다. 어차피 교훈과는 상관없는 게 학교생활이었다.

"야, 장시아. 같이 가."

항아리 깨지는 목소리의 주인공은 시아의 절친 유빈이었다. 시아의 휴대전화에서 이따금 저 목소리가 흘러나왔다. 나는 못 들은 척하고 걸음에 속도를 냈다. 교실로 들어가는 입구가 동과 서, 중앙, 세 개라고 했는데. 일단 멀리 뛰고 보자.

온통 핑크색으로 칠해져 있는 복도 벽면엔 여기저기 낙서에 신발 자국이 찍혀 있었다. 환기도 안 시키는지 공기도 눅눅하고 곰팡내까지 났다. 장식물이라고 있는 것은 하나같이 아기자기하다 못해 알쏭달쏭했다. 비슷비슷한 사진과 그림, 홍보용 게시물들이 대부분이었다. 먼지가 쌓인 족자에는 '하루라도 독서하지 않으면 입에 가시가 돋는다'라고 적혀 있었다.

하루라도 게임하지 않으면 손에 가시가 돋는다는 걸 모르고 하는 소리지.

여차하면 보건실로 직행해. 한 시간은 때울 수 있으니까. 시아는 잔머리 대마왕답게 담임 확인 도장이 찍힌 보건실 출입용 용지까지 챙겨주었다. 하필 보건실 문은 잠겨 있었다. 보건 선생이 아직 출근 전이라고? 학교 오는 길에 넘어지거나 싸워서 여기저기 터지거나 멍들고 부러진 애들이 줄을 선 우리 학교에서는 어림도 없는 일이었다. 보건 선생을 하려면 여중에서 해야 하는 거로군. 교실이 5층이라고 했는데, 엘리베이터를 타야지. '노약자만 타세요.' 생리통, 아니 목감기를 앓는 환자인 나도 탈 권리가 있지. 어차피 보는 사람도 없는데.

엘리베이터 문이 열리고 휠체어를 탄 아이와 도우미로 보이는 아이가 내렸다. 뜨끔했다. 순간, 아랫배에서 급하다는 신호가 왔다. 휴대용 휴지 하나 안 챙겨 오다니. 자판기라고 있는 것은 생리대 전용이었다. 이거라도 살 수밖에.

화장실은 그야말로 화장하는 애들로 만원이었다. 이 벽을 어떻게 뚫고 들어가나. 벽은 뚫고 들어가는 게 아니라 뛰어넘는 거라고 했다. 하지만 뛰어넘기에는 벽이 너무 높았다. 당장 배에 차 있는 가스도 문제였다. 방귀라도 나오면 개망신인데. 한 아이가 문을 벌컥 열고 들어오더니 나를 앞질러 빈칸으로 들어갔다. 곧이어 우렁찬 방귀 소리. 냄새는 독가스 살포 수준이었다. 가스는 내 배에 차 있는데 방귀 뀌는 애는 따로 있구나.

"시아야, 이것 좀 해줘."

얘는 또 뭔가? 다짜고짜 등을 들이미는 이유는?

"야, 끈 풀렸다니까."

끈이라면…… 설마 브래지어 끈? 아찔하다 못해 눈앞이 노랬다. 허리를 구부린 채 배를 움켜쥐었다. 하늘은 스스로 돕는 자를 돕는다더니 마침 화장실 한 칸의 문이 열렸다.

"장시아, 너 의리 없게 그럴 거야?"

"……"

"너 또 설사약 먹었지?"

옳아, 시아가 살 뺀다고 설사약을 먹었군. 엄마에게 이르지 않는 조건으로 배춧잎 두 장 추가!

딩동댕! 누구를 위해 종은 울리나. 그런데 우당탕 쾅쾅, 이건 공룡이라도 출몰한 소리였다. 여기가 여중 맞나? 하긴 우리 집만 해도 언제나 큰 소리를 내는 쪽은 엄마와 시아였다. 아빠와 나는 대체로 숨죽이고 살았다. 찍소리도 못 내는 경우가 많았다. 누가 양성을 평등하다고 했는가.

어쨌거나 배 속이 편해지니까 한층 여유가 생겼다.

1학년 2반. 문을 열기 전에 심호흡 한 번, 또 한 번!

창가 옆, 앞에서 두번째가 시아 자리였다. 아니, 내 자리.

그동안 머릿속으로 상상해온 여중 교실의 이미지는 눈을 씻고 봐도 없었다. 책걸상은 삐뚤삐뚤, 칠판은 여기저기 칠이 벗겨진 데다 바닥에는 분필 가루가 쌓여 있었다. 꽃병에는 잎이 크고 색이 바랜 조화 몇 송이가 먼지를 뒤집어쓴 채 꽂혀 있었다. 모든 것이 들쭉날쭉 뒤섞여 있는 아수라장!

"시아야, 많이 아파서 어떡하니?"

담임의 상냥한 목소리와 미소가 단번에 눈과 귀를 씻어주었다. 담탱 재수 쩔어,라고 했던 시아의 말과 달리 마음씨도 고와 보였다. 나의 주 무기인 하트 날리기 대신, 마스크 위에 손을 댄 채 울상을 지어 보였다.

"오늘은 시아한테 말 걸지 않도록……"

쌤, 오늘은 목이 아파서 말을 할 수 없을 것 같아요. 애들한테 말 시키지 말라고 해주세요. 아침에 시아가 담임에게 보낸 톡의

효력이 있었다.

담임이 나가자 드디어 시아가 근처에 얼씬도 하지 말라던 기센 언니들이 존재감을 드러냈다. 그 무리는 일단 목소리 크기와 겉부터 달랐다. 헤어롤과 미스트, 컨실러, 아이라인, 마스카라까지 하고 온 것도 모자라 똥퍼프를 들고 수정에 들어갔다. 검정 마스크는 민얼굴이라고 했는데. 화장할 시간이 없었거나 화장도 못 할 기분이었거나, 둘 중 하나라고. 기분이 하루에도 몇 번씩 널을 뛰는 탓에, 잘못 걸리면 온갖 욕과 폭력이 돌아온다고 했다. 동영상 속 원숭이가 되어 여기저기로 퍼지는 것도 순식간이라고.

그런데 검정 마스크가 자꾸 나를 쳐다보았다. 딴청을 부려봐도 소용이 없었다. 끈질기게 따라붙는 저 눈빛은 뭔가. 이건 각본에 없는 건데. 가슴이 벌렁거렸다. 어어, 초 단위로 쏟아지는 저건 설마 윙크? 윙크가 맞다면, 필시 독 묻은 화살일 터였다. 수업 시작종이 울릴 때까지 나는 고개를 들지 않았다.

역사적인 하루의 시작은 역사 시간으로 시작되었다. 진지하게 역사를 탐구할 거라는 예상을 깨고 반 이상이 졸다가 끝났다. 국어 시간도, 이어진 수학 시간도 다를 바 없었다. 교실이라기보다 수면실 분위기라고나 할까, 코 고는 소리도 들렸다. '수학 재미없다, 과학 너무 싫다, 영어 세상 싫다, 정보 너무 어렵다, 사회 볼 것도 없다, 체육 개고생이다, 국어 선생님만 착하다…… 언제 집 가지?' 시아가 쓴 시가 왜 이달의 명시로 뽑혔는지 알 것 같았다.

다음은 오늘의 미션 중 가장 까다로운 대목인 체육 시간이었다.

체육복을 어떻게 갈아입어야 잘 갈아입었다고 소문이 나려나. 고민하는 사이, 여기저기서 훌러덩훌러덩 옷을 벗어 던졌다. 눈을 어디에 두어야 할지 모르겠고 눈을 감을 수도 없었다. 게다가 이 브래지어라는 건 왜 이렇게 거추장스러운가. 걸핏하면 끈이 어깨로 흘러내리고 뽕이 걸리적거렸다. 이런 걸 매일 걸치고 다녀야 한다니, 여자로 태어나지 않은 건 다행이 아니라 축복이라 할 만했다.

체육 선생은 키가 190센티미터는 되어 보였다. 몸에 달라붙는 티셔츠 아래 복근이 빨래판이었다. 저런 키는 극복하지 못하더라도 복근은 노력에 따라 얼마든지 가질 수 있는데. 우리 학교 태권도부 아이들만 해도 복근을 과시하면서 노력의 산물임을 강조했다. 복근을 위해서라면 헬스장의 쥐가 되어도 좋으련만. 엄마는 헬스장 소리만 해도 귀머거리 시늉이었다.

"자, 스트레칭부터 한다."

체육 선생은 체격과 어울리지 않게 부드러운 미소를 띠었다. 체육 선생이 팔다리를 늘이고 제자리 뛰기를 하자 환호성이 한순간에 높아졌다. 복근만 생각하면 속이 끓곤 했는데, 이 오빠인지 쌤인지가 기를 팍팍 죽였다. 단비가 좋아하는 아이돌의 복근도 장난이 아니었다. 단비가 그 아이돌을 좋아하는 이유가 복근인지 노래인지 춤인지, 분간이 안 될 때가 있었다. 다음은 돼지 씨름. 팔깍지를 끼어 허벅지를 감싸 몸을 쉽게 움직이지 못하게 한 후 오리걸음으로 상대방의 엉덩이를 밀어서 쓰러뜨리면 되었다. 복근 쌤이 시범을 보였다. 복근 쌤이 하는 거라면 뭘 해도 빵 터지는 아이들. 쌤에 대한 아이들의 지지는 과연 남달랐다.

그 광경에 정신이 팔려 갈팡질팡하다가 게임에 졌다. 하필 벌칙은 엉덩이로 이름 쓰기였다. 100만 불짜리 엉덩이를 이런 데서 욕보이다니. 하지만 안 한다고 버틸 수도 없었다. 뭐, 오늘은 어차피 내 엉덩이가 아니라 장시아 엉덩이니까. 창피를 당하든 말든 알 게 뭔가. 엉덩이를 쭉 빼고 돌리기 시작하자 비명에 가까운 소리가 쏟아졌다. 기왕 버린 몸인데 확실하게 망가져주지. 내가 할 수 있는 한, 가장 우스꽝스러운 모양으로 엉덩이를 돌렸다. 망가지면 망가질수록 웃음소리는 더 커졌다. 그래, 잘하고 있다. 장시우! 조금만 더 버텨라. 순간, 본격적인 축구 시작을 알리는 호루라기 소리가 허공을 가로질렀다. 축구는 둘째가라면 서러울 정도인데, 목감기 환자라는 게 문제였다.

"장시아, 뭐 하냐?"

체육 선생이 내 어깨를 툭 치며 말했다.

"선생님, 오늘 시아 많이 아파요."

때맞춰 유빈의 목소리가 들려왔다. 알아서 척척 도와주는 눈물겨운 우정이었다.

"그래? 그럼 장시아, 수행평가 미응시 처리해도 되냐?"

수행평가? 시아는 그것도 몰랐다는 건가. 하긴 공부하고 담쌓은 애인데 수행평가에 관심이 있을 리 없지. 아니, 나를 학교에 보낸 목적이 이거였나? 어쨌거나 지금은 그게 문제가 아니었다.

의지는 활활 타오르는데 뛰어야 하나 말아야 하나. 어차피 시작된 게임인데 까짓것 뛰자. 발끝에 힘을 모으고 내달리는 순간, 가발이 덜렁거렸다. 두 손으로 누르고 뛰는데 이번에는 브래지어 끈이 흘러내렸다. 어쩔 수 없이 만세 자세로 인사이드킥! 가발에 두 손을 올린 채 하트 세리머니까지.

파이팅! 장시아, 장시아! 운동장에 떼창이 울려 퍼졌다. 내가 장시우가 아니라 장시아라는 걸 깜박했다. 아차 하는 순간, 빠른 속도로 공이 날아왔다. 막다른 길인데 끝까지 가봐? 상체를 살짝 숙여 머리를 공에 갖다 대고, 먼 거리에서 골대를 향해 슛…… 대포 골 성공! 목감기에도 불구하고 열정 투혼이라며 박수가 쏟아졌다. 내가 살아오는 동안 받아온 박수를 다 합쳐도 안 될 만큼이었다. 검정 마스크가 다가와 에너지 음료를 내밀었다. 그 애의 윙크 세례에 이어 누구를 향한 것인지 모를 함성이 공보다 더 높이 날아올랐다.

한껏 튀어 오른 분위기 속에서 시작된 음악 시간은 또 하나의 걸림돌이었다. 오늘 날짜 번호의 주인공이 노래를 불러야 한다고 했다. 이런 이야기는 듣지 못했는데. 장시아, 나를 골탕 먹이려고 일부러 그런 건 아니겠지? 들키면 저한테도 좋을 게 없을 테니까.

급히 인상을 찡그린 채 목을 쥐었다. 이번에는 검정 마스크가 나섰다. 시아 대신 자기가 하겠다는 거였다. 모두의 시선이 검정 마스크에게 쏠렸다. 쟤가 왜 저러지? 하는 눈빛. 음악 선생의 반주가 시작되고 검정 마스크의 입에서 노래가 흘러나왔다. '동그라미 그리려다 무심코 그린 얼굴'이 어쩌고, 엊그제 시아가 흥얼거리던 노래였다. 그런데 검정 마스크의 노래 실력에 입이 딱 벌어졌다. 음악 선생은 칭찬은커녕 노래 좀 한다고 가수 한답시고 설치면 안 된다고 한마디 날렸다. 검정 마스크가 음악 선생님은 해도 될까요? 하고 물었다. 음악 선생은 들은 척도 하지 않았다. 다음은 누가 할래? 말이 떨어지자마자 모두 고개를 숙였다. 내 말 안 들리냐? 노래할 사람? 아무도 안 나오면 번호순이다. 음악 선생은 수업하기 싫은 모양이었다. 돌아가면서 부르는 노래는 수업이 끝날 때까지 계속되었다.

"시아, 너 팬더야. 수정 좀 해."

유빈이 손거울을 내밀었다. 마스카라가 번져 있었다. 빌어먹을 화장, 다시 하나 봐라. 눈까지 벌게서 렌즈도 빼야만 했다. 정말이지 답이 안 나왔다.

"너 생리대 있지? 좀 빌려줘. 갑자기 터졌어."

유빈이 얘는 이런 말을 꼭 이렇게 큰 소리로 해야 하는 걸까. 시아는 보는 눈도 없지, 친구라고 이런 애를 사귈 건 뭔가. 하긴 끼리끼리 노는 법이지.

드디어 점심시간이다. 메뉴만 봐도 군침이 돌았다. 햄버그스테이크에 파스타와 버무린 샐러드, 골드키위까지. 허구한 날 냉동 돈가스에 육즙은커녕 질겨서 씹히지도 않는 닭볶음만 나오는 우리 학교와는 급이 달랐다. 유빈은 생리통이 심하다며 점심도 거르고 보건실로 갔다. 여자로 사는 일이 얼마나 힘든 줄 아냐? 생리 때면 엄마와 시아는 모든 일에서 손을 놓은 채 이거 해라 저거 해라, 아빠와 나를 머슴처럼 부렸다. 여자들의 고통과 인내 덕분에 인류가 유지된다나. 아빠와 나는 남자들의 피눈물이 없었다면 오늘의 인류는 씨가 말랐을 거라고 말하고 싶었지만, 입도 뻥긋 못 했다.

급식실로 가는데 1층 복도로 이어지는 계단에서 웅성거리는 소리가 들렸다. 한 아이의 목소리가 귀에 익었다. 단비! 나는 얼른 뒷걸음쳤다.

"BTS 팬사가 다음 주인데 어떻게 할 거야?"

단비가 말했다.

"단비 너, 그날 남친이랑 100일이라며?"

"지금 그깟 100일이 문제냐?"

그깟 100일? 내 귀를 의심했지만 단비가 한 말이 맞았다.

"남친이 서운해하지 않을까?"

"야, 지금 나한테 뭣이 중한디?"

"당근 오빠들이 중하지. 그래도 남친 잘 모셔라. 그만하면 괜찮던데. 얼굴도 잘생기고 키도 어디 내놔서 꿀릴 정도는 아니고."

"야, 그러면 뭐 하냐? 대두에 어줍인데."

"그 정도는 애교로 봐줘."

"암튼 내가 오빠들 좋아한다고 뭐라 해서 짜증 나 죽겠어. 오빠 생선 보낼 거라니까 자기 생일은 아냐고 물어보는 거 있지. 완전 쪼잔해."

언제는 내가 날라리가 아니라서 좋다더니. 나랑 있으면 자기도 괜찮은 애가 된 것 같다고 할 때는 언제고. 내가 대두인 게 싫다고 하면 대두는 머리가 좋다고 해놓고. 어깨가 좁은 것만 해도, 그 정도는 좁은 것도 아니라고 위로하더니만. 내가 왜 이 학교에 와서 이런 짓까지 하고 있는지 알지도 못하면서.

어쨌거나 내가 저런 애와 키스하려고 했다니. 꿀알바고 뭐고 다 집어치우고 집으로 돌아가고 싶은 마음뿐이었다. 밥맛도 뚝 떨어졌다.

오후에 접어들면서 시간은 더욱 더디게 흘렀다. 온다던 배우는 감감무소식이었다. 긴장이 풀려서인지 몸이 나른하고 눈꺼풀이 무거웠다. 깜박 졸다가 비명에 놀라 깼다. 바퀴벌레 출현! 몇몇은 그새 책상 위로 올라가 있었다. 나는 본능적으로 빗자루부터 들었다.

"장시아, 괜찮아? 왜 그래?"

내가 지금 어디에 와 있는지 잊고 있었다. 하지만 이미 엎질러진 물이었다. 우선 바퀴벌레가 빠져나갈 길을 막은 뒤 놈을 궁지로 몰아넣고 빗자루로 덮쳤다. 모두 괴물을 보듯 나를 보았다. 이런 건 딱 질색인데. 유빈이 자랑스럽다고 호들갑을 떨며 나를 껴안았다. 그만하고 자리에 앉으라는 선생의 지시에 따라 하나둘 자리를 찾아 앉았다.

그런데 다들 앉은 자세가 가관이었다. 누가 다리를 더 많이 벌리고 앉는지 시합이라도 하는 모양새였다. 치마 옆단 뜯기는 소리가 안 나는 게 다행이었다. 어쩌다가 내가 여학생 같은 걸 하고 있는지. 이곳은 내가 상상했던 곳과는 거리가 멀어도 한참 멀었다. 이럴 줄 알았으면 배춧잎 일곱 장에 영혼을 파는 것이 아니었는데. 산 너머 산이라고, 대청소가 기다리고 있었다.

반장이 청소 구역 배정표를 붙이자 모두 약속이나 한 듯 흐트러짐 없이 움직였다. 그것도 잠깐, 빗자루와 마대가 날아다니고 물통이 엎어졌다. 곧이어 아이들이 도미노처럼 미끄러졌다. 모두 이성의 끈을 놓아버린 듯했다. 꽃 대궐은 무슨, 고린내는 나지만 야동이 흐르는 곳이 백번 나았다. 두고 보자, 장시아. 하지만 누구를 탓할 것인가. 배우에 속고 배춧잎에 홀려 시아의 꼬임에 넘어간 게 바로 나인걸.

종례가 끝나자마자 뒤도 안 돌아보고 교실을 빠져나와 교문을 향해 달렸다. 종일 뺀질대던 기 센 언니들이 나보다 한발 앞서가고 있었다. 마지막 장애물을 잘 통과해야 할 텐데. 마침 하교 지도를 하던 선생이 언니들을 불렀다. 그에 아랑곳하지 않고 언니들은 학원 늦어요, 하고는 느긋하게 교문을 빠져나갔다.

저런 기백은 대체 어디서 나오는 것일까.

어쨌거나 열네 살 내 인생 최악인 하루의 막이 내리고 있었다. 장시우, 잘 해냈어! 무대에서 내려오는 나를 위해 어깨라도 두드려주고 싶었다. 골목으로 접어드는데, 아뿔싸 진풍경이 펼쳐졌다. 유빈과 남친몬의 키스. 저 정도면 풍기 문란으로 징계감인데. 그런 것쯤 마다하지 않겠다는 열정이었다. 건널목을 향해 가는데,

내가 점점 작아지는 느낌이었다. 이러다가 흔적도 없이 사라지는 건 아닐까.

검정 마스크가 앞을 가로막았다. 이어 그 무리가 나를 둘러쌌다.

"시아야, 오늘 너무 멋있었어. 맛있는 거 먹으러 가자. 내가 쏠게."

예? 소리가 튀어나오는 걸 겨우 눌렀다.

검정 마스크가 내 눈을 뚫어져라 바라보았다.

"나, 너한테 반했어."

혹시 이건 외계어?

"우리 사귀지 않을래?"

검정 마스크 무리가 우우, 하며 손뼉을 쳤다. 이렇게 원숭이가 되는구나. 신은 오늘따라 왜 이토록 가혹한가. 일단 여기서 벗어나는 것만이 살길이었다.

나는 고개와 허리를 숙인 채 빠져나갈 틈을 찾았다. 걸음아 날 살려라! 야, 장시아, 장시아…… 나를 부르는 소리가 뒤통수에 달라붙었다. 그 소리가 들리지 않을 때까지 죽을힘을 다해 달렸다. 어느 순간, 머리가 서늘하다고 느꼈다. 언제 어디서 벗겨졌는지 가발이 보이지 않았다. 그러거나 말거나. 뒷일이야 장시아가 감당하겠지. 이참에 치마도 벗어 던지고 싶었다.

톡 소리에 이어 화면에 '잔머리'가 떴다.

장시우, 학교 끝났지?

그새 오빠는 어디 가고 장시우라니.

잘한 거야?

두말하면 잔소리지. 근데 너 설사약 먹고 살 빼지?

입 막으려면 배추 두 장 추가!

한 장 추가!

엄마 전화번호가 어떻게 되더라?

알았어. 두 장! 대신 엄마한테 말만 해봐라.

배우는 개뿔, 거짓말한 죄로 두 장 더! 총 네 장 추가!

통 큰 할인으로 옜다, 세 장!

더 이상 대꾸도 하고 싶지 않았다. 지금 와서 배춧잎이 다 무슨
소용인가.

집에 가서 잔머리를 볼 생각을 하니 발에 쇠사슬이 감긴 느낌
이었다. 하지만 교복 치마를 입고 갈 데가 있기나 한가. 기분은
바닥을 모르고 가라앉았다. 터덜터덜 걷고 있는데 또 톡이 들어
왔다. 이번에는 '내 사랑 단비'였다.

오늘 만날래?

다른 때 같으면 이게 웬 떡이냐 했을 텐데, 오늘은 아니었다.

어어, 일이 좀 있어서……

그래? 그럼 할 수 없지 뭐. 근데 너 혹시 쌍둥이?

가슴이 턱 내려앉았다. 뭐라고 답을 보내야 할까.

어? 무슨 말?
오늘 애들이 학교에서 너랑 꼭 닮은 앨 봤대서. 근데
애가 좀 어리바리하더래. 네가 그런 애랑 쌍둥이일 리가 없지……

다리가 후들거렸다. 그 어떤 것도 하고 싶지 않고 어디에도 가고 싶지 않았다. 하늘은 왜 이렇게 푸르고 맑은가. 건물들은 또 왜 저다지 높은가.

많은 간판 중에서 헬스장 간판이 눈에 들어왔다. '남다른 나를 위해 디퍼런스 짐!' 갑자기 가슴이 열리고 엔도르핀이 팡팡 터졌다. 신은 이걸 준비하시느라 오늘 나를 시험에 들게 한 거구나. 헬스장에 등록할 생각을 하니 배춧잎을 쥔 손에 힘이 들어갔다. 걸음도 빨라졌다.

이번에는 친구 J의 톡이었다.

시아 지금 남친이랑 극장에 와 있어. 근데 남친이 우리 학교 애야. 있잖아, 태권도부……

휴대전화에 SNS 사진을 캡처한 화면이 올라왔다. 시아와 태권

소년이 팔짱을 낀 채 머리 위에 하트를 그리며 활짝 웃고 있었다.

아이구, 저 여우. 신은 왜 장시아와 나를 한날한시에 세상에
내보낸 것일까.

레아

교문을 들어서며 미주는 길게 숨을 내쉬었다. 이제 학교에 올 날도 며칠 남지 않았다. 중학교 3학년에 올라온 뒤 하루하루가 살얼음판을 딛는 기분이었다. 자퇴로 마음을 굳히고 나니 풍경이 여느 때와 사뭇 다르게 다가왔다. 열을 지어 선 왕벚나무와 나뭇가지 사이에서 숨바꼭질하는 새들…… 연재 무리에게 끌려가 갇혔던 건물 뒤편의 창고는 돌아보기도 싫었다. 창고 옆으로 길게 난 화단만은 애틋한 그리움으로 남을 거였다. 화단의 꽃들을 마음에 담아 그림을 그렸던 세기, 그 애 마음의 정원. 무심코 걸음을 옮겼는데, 어느새 화단 앞에 서 있었다.

나비 한 마리가 꽃들 주변을 날아다니고 있었다. 저 나비도 기쁨이나 슬픔 혹은 분노를 느낄까. 미주는 생각에 잠겼다. 순간, 화단 옆 창고 안에서 기괴한 웃음소리가 흘러나왔다. 미주는 귀를 세웠다. 연재 무리가 벌써 와서 담배를 피우는 건가? 아니면 또 누군가를 괴롭히고 있는 걸까? 미주는 얼른 폐기물 더미 뒤로 숨었다.

얼마나 지났을까. 삐익, 소리가 들리더니 한 아이가 창고 문을 박차고 나왔다. 돌아서서 문을 꾹 닫고 빗장을 거는 아이는 뜻밖에도 희영이었다. 손톱을 물어뜯는 버릇이 있고 늘 고개를 숙이고 다니는 아이. 발음이 정확하지 않아 째째거리는 것처럼 들린다고 해서 아이들 사이에서는 '째째찐따'로 불렸다. 미주는 희영을 보면 거울을 보는 기분이었다. 아침부터 연재 무리에게 또 당했나 싶어 가슴 한구석이 묵직했다.

그런데 희영의 얼굴에 어제까지 보지 못했던 반점들이 얼룩처럼 번져 있었다. 흰자위는 핏물이 고인 것처럼 빨갛고 눈에서 빛이 뿜어져 나왔다. 세상의 모든 어둠을 빨아들인 듯한 빛이라고나 할까, 음울한 광기에 가까웠다. 뿐만 아니라 희영은 몸을 제대로 가누지 못해 곧 넘어질 것처럼 위태로워 보였다. 이내 창고 벽에 기대어 구토를 했다. 침이나 위액 말고는 딱히 뭘 토해내는 것 같지는 않은데, 목을 쥔 채 앓는 소리를 내뱉었다.

무슨 일이지? 연재 무리가 억지로 술을 먹이고 담배를 피우게 했나? 그랬다고 해도 저렇게까지 되지는 않을 텐데. 미주는 옴짝 달싹하지 못한 채 희영을 지켜봤다. 내가 뭘 잘못 보고 있는 거겠지. 하지만 몇 번이나 눈을 비비고 다시 봐도 희영이 맞았다. 다가가서 말을 붙여볼까 말까 하는 사이에 구토를 멈춘 희영이 자리를 떴다. 그런데 교실 쪽으로 곧장 가지 않고 학교 뒤 야트막한

산으로 연결된 통로로 향했다.

왜 저쪽으로 가는 거지? 혹시 연재가 불러낸 건가? 산속 으슥한 곳에 연재 무리의 아지트가 있다고 들었다. '필드'라나, 거기서 아이들에게 온갖 못된 짓을 일삼는다고. 그곳에서 있었던 일을 입 밖에 내는 아이는 없었다. 연재 무리가 입단속을 시킨 까닭도 있겠지만, 그만큼 끔찍할 거라는 데 의심의 여지가 없었다. 미주도 거기로 불려 가는 건 시간문제라는 생각이 들어 늘 조마조마했다. 미주는 희영을 따라가보고 싶은 충동이 일었다. 하지만 그런다고 해도 희영을 돕지는 못할 거였다.

난 더 이상 당하고만 있지 않을 거야. 두고 봐. 당한 만큼 되돌려줄 테니까. 아니, 몇 배로 갚아줄 거라고. 며칠 전 우연히 복도에서 마주쳤을 때 희영이 말했다. 무슨 일을 저지르고야 말 것처럼 눈빛이 불안하게 흔들렸다. 미주는 희영이 내심 걱정되었다. 미주 너도 그러고 싶지 않아? 미주가 고개를 젓자, 희영은 실망하는 빛이 역력했다. 계속 그렇게 참고 있으면 너를 맹물로 보고 더 괴롭힐 텐데. 솔직히 네가 세기처럼 될까 봐 걱정돼서…… 미주는 희영의 말이 심장으로 날아와 박히는 걸 느꼈다. 세기처럼 되지 않으려면 자퇴밖에 방법이 없다고 생각했으니까.

세기는 중학교 2학년 때 같은 반이었다. 이름 때문에 이 새끼 저 새끼로 불렸다. 괴롭힘을 당하다가 견디지 못하고 구령대 옆 쇠기둥에 목을 맸다. 늘 그림을 그렸고, 그림을 잘 그렸던 아이였다. 그저 잘 그리는 것이 아니라 그림에 영혼이 담겨 있었다. 네가 그린 꽃에서 향기가 나는 것 같아. 미주가 말했을 때 세기의 볼이 발개지고 눈이 반짝거렸다. 며칠 뒤 세기는 그 그림을 미주에게 내밀었다. 이걸 왜 나한테 줘? 너라면 잘 간직해줄 것 같아서. 그 후로 그 애와 눈이 자주 마주쳤고, 그럴 때마다 미주는 가슴이 콩닥거렸다.

한 달쯤 지나 세기가 화단에서 만나자고 했다. 미주야, 이거. 세기가 또다시 그림을 건네주었다. 화폭에 꽃은 보이지 않고 나비만 가득했다. 네 꽃들은 다 어디로 갔어? 잘 봐, 보일 거야. 안 보이는데? 잘 보라니까. 꽃이 보이지 않아도 나비는 거기에 꽃이 있다는 걸 알아. 네가 나를 알아봐준 것처럼 말이야. 순간, 미주는 깨달았다. 세기가 나비 떼로 하여금 꽃이 거기에 있다는 걸 보여주었다는걸. 상상의 힘, 과연 세기다웠다. 난 가끔 여기 와서 그림을 그려. 마음으로 말이야. 그러니까, 여긴 네 마음의 정원이구나. 마음의 정원이라는 말, 참 좋다. 미주 네가 그렇게 말해주니까 이 화단이 정말 내 마음의 정원 같아. 고마워. 그랬던 세기의 화폭이 검은 꽃으로 가득 차 있는 걸 보았을 때 미주는 심장이 내려앉는 느낌이었다.

희영은 기어이 연재 무리에게 맞선 걸까. 그러다가 그 애들에게 당한 걸까. 그러지 않고서야 저런 모습이 되었을 리 없지 않을까. 아니, 어떤 경우라도 희영의 모습은 이해할 수 없었다. 창고에서 무슨 일이 있었던 걸까.

미주는 살금살금 창고 앞으로 다가갔다. 창고 문에 손을 대려는 순간 안 돼, 하는 듯 무언가가 손목을 붙잡는 느낌에 사로잡혔다. 반사적으로 주변을 돌아봤다. 아무도 보이지 않았다. 언제 날아왔는지 손등 위에 파란 줄무늬 나비 한 마리가 사뿐 앉아 있었다. 포근하고 몽롱한 기운이 온몸을 휘감았다. 이 느낌은 뭐지? 파란 줄무늬 나비는 어렸을 때 본 뒤로 처음이었다. 나비는 손등에서 날아올랐다가 순식간에 사라졌다.

미주는 텅 빈 하늘을 한참 올려다보았다. 허공 어딘가에서 불쑥 나비가 나타날 것만 같았다. 하지만 한번 사라진 나비는 다시 돌아오지 않았다. 나비에 정신이 팔려서인지, 창고 안을 들여다보고 싶던 마음은 사라지고 없었다. 돌아서려는데 창고에서 무슨 소리가 났다. 푸드드득 푸드드득, 세찬 움직임이 느껴지는 소리였다. 무언가가 벽에 부딪는 소리 같기도 했다. 왠지 음산하고 불길한 기운이 느껴졌다. 미주는 얼른 그곳을 벗어났다.

구령대 앞을 지나는데 톡이 들어왔다. 아침부터 톡질할 애는 연재밖에 없었다. 톡, 톡, 톡. 연이은 톡 소리에 귀가 따가울 지경이었다. 너, 어디야? 과학 준비물 내 것도 챙겼어? 설마 까먹은 건 아니지? 미주는 아차 싶었다. 준비물을 깜박했다. 교통카드 외에 가진 돈도 없었다. 집으로 다시 간다고 해도 엄마는 이미 출근했을 시간이었다. 엄마에게 또 거짓말해서 돈을 타내는 것도 내키지 않았다. 머리채를 잡히든 발길질을 당하든 이번이 마지막이겠지. 물론, 그 정도로 끝날지는 의문이지만.

야, 너 대답 안 해? 어쭈, 이게 정말 간땡이가 부었나? 하여튼

안 가져오기만 해. 수틀리면 창고행인 거 알지? 창고,라는 말에 미주는 오싹 소름이 끼쳤다. 창고에 갇혀서 두들겨 맞는 정도가 아니라 희영처럼 될 수도 있었다. 딸꾹, 딸꾹. 톡 소리에 대답하듯 딸꾹질이 났다. 숨을 참아봐도 멈추지 않았다. 미주는 연재가 보낸 톡에 답을 하지 못한 채 화면만 들여다봤다. 몸이 움츠러들고 진땀이 났다. 계속되는 톡 소리를 떨쳐내려고 애쓰며 걸음을 옮겼다.

얼마쯤 지나자 가까이서 발짝 소리가 났다. 미주는 고개를 돌렸다. 무지개가 펼쳐진 듯한 빛무리 속에 여자애가 서 있었다. 초등학교 5학년이나 되었을까, 키는 150센티미터 정도에 통통한 몸매였다. 앞머리를 눈썹 위까지 자른 뱅 헤어스타일에 커다랗고 쌍꺼풀 없는 눈, 납작한 코, 입꼬리가 올라가서인지 웃고 있는 것처럼 보였다. 그 표정에서 어린애다운 천진함이 배어났다. 유리봉이라도 하나 들고 있었다면, 영락없이 외계에서 온 요정이나 동화 속 주인공쯤으로 보였을 거였다.

나도 저 나이 때는 저랬을까. 미주는 아이에게서 눈을 떼지 못했다. 그 애만의 기묘한 아우라가 뿜어져 나왔다. 무엇보다 목덜미에 새겨진 파란 줄무늬 나비 모양의 타투가 눈길을 끌었다. SNS에 올라온 도안을 보고 언젠가는 저걸 해야지, 생각했었다. 조금 전에 본 나비도 파란 줄무늬 나비였는데, 우연치고는 절묘했다. 나이도 어린 애가 타투라니. 어쨌거나 남의 눈을 의식하지 않는다는 점이 살짝 부럽기까지 했다.

"난 레아라고 해. 널 기다리고 있었어."

레아, 아이돌의 예명으로나 쓸 법한 이름이었다. 쇳소리 섞인 목소리는 신비감마저 느껴졌다. 나를 기다리고 있었다고? 대체 왜? 게다가 언제 봤다고 반말이지? 맹랑한 애라는 생각이 들면서 미주는 호기심이 일었다.

"어어."

"안심해, 해코지는 안 할 테니까."

내가 누군가에게 피해 의식을 갖고 있다는 걸 알고 있는 건가? 미주는 치부를 들킨 것 같아 머쓱한 한편으로 긴장감이 일었다. 해치지 않을 거라고 말했지만, 누구도 그럴 거라고 말하지는 않는다. 처음부터 거리를 두는 게 낫겠지. 미주는 옷깃을 여미듯 마음의 깃을 여미었다.

"아이들이 오기 전에 교실로 가자. 할 말이 있어."

방역 규칙상 교실에는 외부인은 물론, 다른 반 아이도 출입 금지였다. 낯선 아이를 데려간 게 알려지면 벌점을 받는다. 그럼에도 미주는 레아의 말을 거절할 수가 없었다. 얼떨결에 교실을 향해 걸음을 옮겼다. 레아는 엉덩이를 뒤로 뺀 채 뒤뚱거리며 따라왔다. 미주는 웃음이 나오려는 걸 가까스로 참았다.

교실 문을 열자, 레아는 미주를 앞질러 안으로 성큼 발을 내디뎠다. 이번에는 발이 바닥에 닿지 않아 공중을 부유하는 걸음새였다. 레아의 몸짓에서 현실감이 느껴지지 않았다. 미주는 뭔가에 홀린 기분이었다. 레아는 휘파람까지 불며 느긋하게 교실을 둘러

봤다.

"와! 교실이 이렇게 깨끗할 수도 있다니, 놀라운데?"

레아는 눈이 휘둥그레져서 말했다. 미주는 그동안 청소를 열심히 해온 보람을 느꼈다. 또 조금 전까지 레아에게 가졌던 경계심도 약간 누그러졌다. 하지만 한시라도 빨리 이 불청객을 따돌리고 혼자만의 고요를 즐기고 싶었다. 레아는 일단 앉아서 얘기하자며 책상 위에 걸터앉았다. 미주는 의자에 앉으라고 말하고 싶었지만 꾹 참았다. 그 표정을 보고 알아차렸는지 레아가 책상에서 내려와 의자에 앉았다. 책상과 의자의 줄이 흐트러졌다. 조심성이라곤 눈곱만큼도 없는 애였다. 미주는 그런 레아가 못마땅했다.

"나한테 할 말이 뭐야?"

"중요한 일이 있어서 의논하려고."

레아는 미주의 얼굴을 빤히 바라보면서 말했다.

처음 보는 나와 의논이라고? 그것도 중요한 일이라니. 농담이거나 헛소리거나, 둘 중 하나겠지. 하지만 그렇다고 하기에는 레아의 눈빛이 투명할 정도로 맑았다.

"난 너를 처음 보는데…… 사람 잘못 본 거 아냐?"

"아니. 난 미주 널 보러 왔어."

내 이름을 어떻게 알고 있지? 미주는 기억을 더듬어보았다. 한 동네에 산 적도 없고, 같은 학교에 다닌 적도 없었다. 어쨌거나 이름까지 알고 있는 걸 보면 나를 찾아온 게 맞다는 건데. 미주는 고개를 갸웃거렸다.

"어? 나를 어떻게 알고?"

"얼굴을 마주 보는 건 처음이지만 전부터 우린 가까이 있었어."

이건 또 무슨 말이지? 미주는 온몸의 피가 빠르게 도는 걸 느꼈다.

"우리가 가까이 있었다고?"

"맞아. 그것도 아주 가까이."

레아는 장난기 어린 웃음을 띠며 말을 이었다.

"내가 누구인지 궁금하겠지만, 조금만 기다려줘."

얘가 무슨 게임을 하는 것도 아니고, 나를 만만히 본 건가? 미주는 기분이 약간 나쁘기까지 했다. 왜 아이들은 하나같이 나를 존중하지 않는 거지? 하물며 처음 보는 아이까지. 하지만 레아의 웃는 모습에 나쁜 의도는 없어 보였다. 미주는 여전히 얼떨떨한 채 레아의 말을 기다렸다.

"난 이 시간이 오기를 오래 기다렸어. 막상 만나고 보니 생각했던 것보다 네가 더 괜찮은 애 같아서 기뻐."

괜찮은 애,라는 말을 듣다니. 미주는 가슴속에서 기묘한 파동이 이는 것을 느꼈다. 하지만 갈수록 알아듣기 어려운 말만 하는 레아에 대한 의구심은 더 커졌다.

"네가 놀라는 것도 당연해. 하지만 우리가 할 일에 비하면 이건 아무것도 아니야."

"우리가 할 일? 그게 뭔데?"

"너 은근 성질 급하다. 조금만 기다려. 나도 마음의 준비를 할 시간이 필요하니까.”

“어어.”

“게다가 너처럼 귀여운 애를 보니까 입이 안 떨어져서 말이야.”

농담이라도 귀엽다는 말은 처음 들어보았다. 미주는 얼굴이 달
아오르는 걸 감추려고 애써 담담한 표정을 지었다. 레아는 주머
니에서 뭔가를 꺼내 입에 넣고 오물거리더니 꿀꺽 삼켰다. 미주
가 궁금해한다고 여겼는지 밀웜이라고 알려주었다.

“너도 먹어볼래?”

밀웜이라면 새나 고슴도치의 먹이였다. 지렁이처럼 생긴 거라
면 쫀득이도 징그러워서 먹지 않는데, 밀웜이라니. 미주는 손사
래를 쳤다.

“아, 아니.”

“이래 봬도 이게 단백질 덩어리야. 미래에는 모두가 이걸 먹게
될 거야.”

“그래도 난……”

레아는 싫으면 말고, 하는 표정을 짓고는 게시판으로 눈을 돌
렸다. 미주는 레아가 빨리 용건을 말하고 돌아가기만 바랐다. 아
이들이 오기 전에 교실로 가자고 한 걸 보면, 저도 아이들과 부딪
히기 싫거나 그러지 않겠다는 건데. 근데 왜 이렇게 여유를 부리
는 거지? 미주는 입안이 마르는 걸 느꼈다. 레아는 미주를 향해
찡긋 윙크했다. 이어 일부러 그러는 듯 게시물들을 하나하나 살
펴보았다. 보건환경부에는 왜 부원이 한 명도 없냐, 무슨 시간표

가 매번 체육 다음이 국어냐. 너희 반 국어 성적은 보나 마나 꽝이겠다, 이 학교는 옥상에서 닭을 키우냐, 급식 메뉴에 무슨 닭요리가 이렇게 많냐, 이러다가 애들이 아침마다 꼬끼오 꼬끼오, 우는 건 아니냐······ 쉴 새 없이 떠들었다.

미주는 일부러 딴청을 부렸다. 레아는 대답을 기대한 건 아닌 듯 상관하지 않았다. 레아의 천연덕스러운 행동에 도리어 쫓기는 심정이 되었다.

"근데······ 혹시 내가 뭐 잘못한 거 있어?"

미주가 조심스럽게 물어보았다.

"그럴 리가."

레아는 고개를 저었다.

"그럼 무슨 일로?"

레아가 한 발 앞으로 다가왔다.

"내가 널 찾아온 건 학교를 구하기 위해서야."

"학교를 구해?"

"응."

"학교가 무너지기라도 하는 거야?"

레아가 고개를 끄덕였다.

"왜?"

"학폭 바이러스 때문에."

레아는 비밀인 양 목소리를 낮추어 말했다. 학폭이라는 말만으로도 미주는 손에 땀이 뱄다. 잠시 생각에 잠겨 있던 레아가 입을 열었다.

"창백한 머리 박쥐가 창고에 숨어 있어. 학폭 바이러스에 감염
된 놈이야."

그 박쥐가 퍼뜨리는 바이러스에 감염되면 인성이 망가지고 폭
력적으로 변한다. 무엇보다 남을 괴롭히지 않고는 살아갈 수가
없다. 그러니까 감염된다는 건, 사망 선고를 받는 거나 다름없다.
그동안 일어난 학교 폭력도 다 그놈 때문이었다. 놈은 얼마 전까
지 뒷산에 있는 움막에 숨어서 찾아오는 아이들을 감염시켰다.
본격적으로 바이러스를 퍼뜨리기 전에 미리 보균자를 심어놓은
거였다. 그런데 며칠 전 재량 휴업일을 틈타서 놈이 쥐도 새도 모
르게 학교 안으로 들어왔다. 한시라도 빨리 많은 아이에게 바이
러스를 퍼뜨리려면, 산속 움막보다는 학교 안이 유리하기 때문이
었다. 학교 안에 들어왔으니 이제 박쥐는 하늘 높은 줄 모르고 날
뛸 것이고, 사태는 걷잡을 수 없게 될 것이다.

뜬금없이 박쥐는 뭐고 학폭 바이러스는 뭔가. 애가 꽤나 심심
한 모양이군. 미주는 이상한 애와 노닥거리고 있을 때가 아닌데,
하면서도 레아를 떨쳐내지 못했다. 일부러 심드렁한 표정으로 레
아를 바라봤다.

"내 말을 믿지 못하는 거 알아. 하지만 이상한 거 보지 않았어?"

"이상한 거?"

"그래, 이상한 거."

세상에 이상한 게 어디 한두 가지인가. 이상하다고 생각하면

다 이상하지. 이상한 것으로 치면 네가 가장 이상한걸. 속으로 말하며 미주는 레아의 말을 곱씹었다. 딱히 이거다,라고 할 게 없었다. 레아는 미주에게서 눈을 떼지 않고 말했다.

"오늘 아침에 말이야."

순간, 미주는 창고에서 나오던 희영의 모습이 떠올랐다. 얼굴의 반점과 핏물이 고인 듯한 눈, 광기 어린 눈빛과 구토. 설마 그걸 말하는 건 아니겠지. 아니, 그것만큼 이상한 건 없었다. 창고에서 새어 나왔던 소리에서 음산하고 불길한 소동의 기운이 느껴졌다. 그 소리의 주인공이 박쥐라면? 미주는 둔중한 것으로 머리를 맞은 듯 아뜩했다. 하지만 이 학교에 처음 온 애가 그런 걸 알고 있을 리가 없었다. 말을 아끼면서 시간을 벌어야 한다는 생각이 들었다.

"글쎄, 난 잘 모르겠어."

미주는 고개를 저으면서도 희영에 대한 생각에서 벗어나지 못했다. 창고에 박쥐가 숨어 있고, 희영이 박쥐가 퍼뜨린 학폭 바이러스에 감염된 거라면? 이제 희영도 연재 무리처럼 다른 아이들을 괴롭히게 된다는 건가? 그러지 않으면 살아갈 수가 없다는 건가? 그런 희영의 모습은 상상이 되지 않았다. 하지만 얼마 전에 희영은 더 이상 당하고만 있지 않을 거라고 했다. 당한 만큼 되돌려줄 거라고, 몇 배로 갚아줄 거라고. 기어이 무슨 일을 저지르고야 말 것 같은 눈빛이었다. 그렇다고 희영이 학폭 바이러스에 감염되었다고 단정할 수는 없었다. 둘은 분명히 별개의 문제였다.

처음 보는 애가 떠들어대는 말에 휘둘리지 말자.

"곧 알게 될 거야. 지금부터 내가 하는 말 잘 들어."

미주는 얼떨결에 고개를 끄덕였다.

"박쥐는 바이러스를 퍼뜨려야만 살아남을 수 있어. 그래서 필사적으로 바이러스를 퍼뜨릴 거야."

다른 바이러스의 경우, 강력한 면역 시스템과 건강 유지만으로도 어느 정도 감염을 막을 수 있다. 그런데 학폭 바이러스는 다르다. 전파를 막을 방법은 하나밖에 없다. 박쥐를 없애는 것. 박쥐를 없애지 않으면 학생들 모두가 바이러스에 감염될 것이다. 시간도 얼마 안 걸린다. 박쥐에게 한 번 물리는 것만으로 충분하다. 증상은 사람에 따라 곧바로 나타나기도 하고 1주일 정도 걸릴 수도 있지만, 한번 물리면 돌이킬 수 없다. 지금으로서는 치료제가 없을뿐더러 치료제 개발은 더욱 기약할 수 없다. 또 박쥐는 이 학교 저 학교 옮겨 다니기 때문에, 국내는 물론 세계적인 재앙을 불러올 것이다. 아이들은 인류의 미래인데, 아이들이 폭력적으로 변하면 인류의 미래는 없다고밖에 볼 수 없다.

열변을 토한 레아는 지그시 눈을 감았다. 미주는 자신도 모르게 레아의 말에 빠져들었다는 걸 깨달았다. 머릿속에서 실타래가 뒤엉키는 느낌이었다.

"그렇다고 해도 왜 하필 우리 학교지?"

"이 학교가 학폭의 온상이기 때문이야. 교장이 학폭으로 자살한 아이를 우울증에 의한 자살이라고 내몰았잖아. 물론, 그 애가 정신과 치료를 받아왔고 유서가 없었기 때문에 가능했지만."

미주는 레아에 대한 궁금증이 점점 커졌다. 이 학교에 처음 온 아이치고 알고 있는 게 너무 많았다. 세기가 죽은 건 또 어떻게 아는 거지? 괴롭힘을 견디다 못해 스스로 목숨을 끊었다는 것까지. 그 일은 묻힌 지 오래됐는데.

세기를 생각하면 가슴이 먹먹했다. 세기가 왜 죽음을 선택했는지는 끝내 밝혀지지 않았다. 하지만 아무도 그 이유를 몰랐다고는 할 수 없었다. 아니, 모두가 알고 있으면서도 모르는 척했다.

세기는 매일 아침 누군가가 발로 차 넘어뜨린 책상과 의자를 바로 세워야 했다. 또 몇몇 아이들이 억지로 돈을 빌려주곤 게임 아이템을 사라고 강요한 뒤 이자를 받아냈다. 저희 마음대로 기한을 정해놓고 그 안에 돈을 갚지 않으면 연체비 명목으로 돈을 빼앗았다. 그런 일이 정당하다는 듯 대놓고 떠벌리기 일쑤였다.

뿐인가, 세기는 수시로 물건이나 돈을 잃어버렸다. 죽기 한 달 전에는 새로 산 휴대전화가 없어졌다. 교실을 발칵 뒤집다시피 했는데도 보이지 않던 휴대전화는 변기 안에서 발견되었다. 그것도 물을 내리지 않은 변기에서. 똥 싸고 물도 안 내리는 새끼가 다 있냐? 무제한 요금제에 가입시킨 뒤 세기의 데이터를 빼앗아 썼던 아이였다. 그것이 공갈 혐의에 적용된다는 걸 알고는 그만두었던 아이. 아, 냄새. 야, 이 새끼, 내 말 안 들려? 넌 똥 싸고 물도 안 내리냐? 저 새끼 뭘 처먹었길래 냄새가 지독하냐. 그 애가 코를 싸잡은 채 말하자, 세기는 뭔가를 눈치챈 듯 화장실로 달려갔다. 곧이어 똥물이 뚝뚝 떨어지는 휴대전화를 들고 와 교실 바닥에 내동댕이쳤다. 그 일은 순식간에 일파만파 퍼졌고, 그날 이후로 세기는 입을 다물어버렸다. 차차 스스로 투명인간처럼 굴었다. 죽기 사흘 전에는 머리를 밀었다.

그날 아침 미주는 일찍 등교해 교실을 정돈한 뒤 복도 유리창을 닦다가 교문을 들어서는 세기를 보았다. 세상과 담쌓고 싶은 마음을 그런 식으로 표현했을 거라고 어렴풋이 짐작했다. 마지막으로 봤을 땐 말뚝이탈을 쓰고 학교에 왔다. 저 관종 저거, 이제 보니까 개쓰레기네. 저런 꼴로 학교에 올 생각을 다 하냐. 드디어 돌았네, 돌았어. 수군거리는 소리를 들을 때마다 미주는 목에서 쓴 물이 올라왔다. 세기는 누구에게든 얼굴을 보이기 싫었던 게 아닐까. 혹은 그 누구도 보고 싶지 않았거나. 세기가 스스로 목숨을 끊었다는 소식을 들었을 때, 미주는 머릿속이 텅 비어버린 느낌이었다.

쇠기둥 옆에는 세기의 검은 꽃 그림이 찢긴 채 나뒹굴고 있었다고 했다. 미주는 위가 꼬이는 듯한 통증을 느꼈다. 밥은커녕 물한 모금 넘기지 못한 채 이틀을 보냈다. 뉴스에서 보았던, 아파트에서 뛰어내리기 전 엘리베이터 안에 웅크리고 있던 CCTV 속 아이와 세기가 겹쳐졌다. 물론 세기는 뉴스에 나오지 않았고, 세기의 죽음을 입에 올리는 사람도 없었다.

어떤 죽음은 그렇게 묻힐 수도 있었다. 세기가 그린 검은 꽃들만이 미주의 가슴에 남아 세기의 부재를 확인시켜주었다. 세기의 죽음도, 그렇게 묻혀버린 것도 미주는 받아들일 수가 없었다. 체구가 작고, 어렸을 때 소아마비를 앓아서 걸음걸이가 부자연스러우며, 얼굴에 커다란 점이 있다는 것만으로 따돌림을 당한다는 건 부당한 일이었다. 하지만 아무도 막지 못했다. 아니, 모두가 외면했다는 게 맞았다. 세기를 괴롭혔던 아이들은 어떠한 처벌도 받지 않았다. 이사 혹은 부모님의 전직을 핑계로 전학 갔다. 그야말로 소리도 소문도 없이.

세기는 왜 그렇게 조용히 떠났을까. 부모님이나 형제, 그 누구에게라도 털어놓았어야지. 하다못해 너무 힘들었다든지, 죽어서도 용서하지 않을 거라든지 하는 저주를 담은 유언이라도 남겼어야지. 잘못한 사람은 마땅히 벌을 받아야 했다. 그랬다면 저세상에 가서라도 덜 억울했을 텐데.

우리 애를 괴롭힌 애들이 있을 겁니다. 그게 아니라면 우리 애가 왜 하필 학교에서…… 진상 조사를 해주십시오. 이건 너무 억울합니다. 교장 선생님도 자식 가진 부모 아닙니까…… 세기의 부모님이 교장실에서 나오며 오열하던 모습이 아직도 눈에 선했다. 애가 그린 그림을 보고도 이러시면 곤란하지요. 그 시커먼 꽃 보셨잖아요. 그게 어디 정상인 애가 그릴 수 있는 그림입니까? 누가 봐도 정상이 아니라는 건…… 정신과 치료도 받아왔다면서…… 교장의 말을 떠올릴 때마다 미주는 숨이 턱 막히는 걸 느꼈다. 아니, 모든 걸 보고도 못 본 척한 자신에 대한 환멸이 목을 조여왔다. 그럴 때마다 세기의 정원을 서성거렸다. 언젠가는 네

억울함을 풀어줄게, 네 정원을 되찾아줄게, 하고 마음을 다잡곤 했다.

미주는 세기를 어떻게 아느냐,라는 말이 목구멍까지 올라오는 걸 꾹 눌렀다. 레아의 말을 더 듣고 싶었다.

레아는 길게 한숨을 내쉬고 계속했다.

뻔뻔한 교장은 반성의 기미를 전혀 보이지 않는다. 그 외에도 교장의 비리는 셀 수 없을 정도다. 그런 교장이 있는 학교는 그만큼 틈이 많기에 영악한 박쥐가 침입하기 쉬운 환경일 수밖에 없다.

일리 있는 말이었다. 미주는 또 레아가 무슨 말을 할지 궁금했다.

"박쥐가 맨 처음 공격할 대상은 3학년 2반, 바로 이 교실이야."

"왜?"

"담임이 아이들한테 관심이 없고 무능하기 때문이지. 이 교실에서 어떤 일이 일어나고 있는지도 모르잖아. 물론, 알고도 모르는 척하기도 하고. 문제가 터졌을 때 몰랐다고 해야 발뺌하기도 쉬울 테니까."

담임은 교사로서의 사명감이나 교육철학이라곤 눈곱만큼도 없었다. 이사장을 등에 업고 채용된 것만 봐도 알 수 있었다. 다른 직업을 갖지 않고 굳이 선생을 택한 건, 결혼 시장에서 등급이 높은 편인 교사라는 신분이 필요해서였다. 아이들을 위해 헌신하는 선생님들도 많은데, 하필 그런 담임을 만나다니. 그것도 미주처럼 2년 연속 같은 담임이 걸린 건 지지리 운이 없다고밖에 할 수 없었다.

레아는 목에 힘을 주어 말했다.

"그건 그렇다고 해도 왜 내가 그 일을 해야 하는데?"

"네가 보건환경부장이잖아."

코로나19 바이러스가 창궐하고 변이가 계속되면서 보건교사의 업무가 폭주했다. 교내 방역은 물론 발열 체크를 비롯해 교육청에 상황 보고까지, 몸이 열 개라도 모자랐다. 과로를 호소하다가 휴직을 하기도 했다. 학교마다 업무 마비가 잇달았다. 보건교사의 일손을 돕기 위해 임시방편으로 만든 것이 학급의 보건환경부였다. 환경 미화는 기본, 방역과 청소, 분리수거까지 일이 끝도 없었다. 학기 초 임원 선거에서 부장으로 추천받은 아이들은 이런 저런 핑계를 대고 사퇴했다. 선거 막바지에 이르자 긴장감이 흘렀다. 그런 거라면 미주가 딱이지. 연재가 말하자 그 무리가 맞장구를 쳤다. 곧바로 박수가 터져 나왔다. 아무도 지원하지 않아 부원도 없었다.

"그건 아이들이 날 골탕 먹이려고……"

"그러니까 박쥐를 없애야지. 더 이상 너 같은 피해자가 생겨서는 안 되잖아."

"그런 일이라면 반장이나 부반장이 해야지. 정의파들도 있고."

"아니, 걔들의 감투는 특목고에 가기 위한 스펙일 뿐이라는 거 너도 알잖아. 정의파? 개뿔, 자기한테 이로운 일에나 나설 뿐 정작 문제가 생겼을 때는 나 몰라라 하는걸. 네가 연재 일당한테 당해도 보고만 있잖아. 넌 견디다 못해 자퇴까지 결심했는데 말이야."

"그건 그런데……"

"말이 나왔으니 말인데, 정의가 뭐냐? 너를 괴롭힌 애들을 놔두는 게 정의냐? 정의는 그런 게 아니야. 화가 나면 속에 담고 있지만 말고 내뱉어야지. 필요하면 반격도 해야 하고. 걔들 그냥 두면 너를 더 악랄하게 괴롭힐 거야."

지금으로서는 박쥐를 없애는 게 시급했다. 박쥐를 없애기만 하면, 더 이상 괴롭힘을 당하지 않고 자퇴할 이유도 없어질 거였다.

레아의 말에 미주는 가슴속에서 무언가가 피어오르는 걸 느꼈다. 하지만 박쥐를 없애는 게 과연 가능한 일인지 의심스러웠다.

코로나19 바이러스는 학교 시스템에 변화를 가져왔다. 수업의 3분의 2가 비대면으로 이루어졌다. 아이들은 줌에 접속만 할 뿐, 오디오와 비디오를 끈 채 게임을 하거나 간식을 먹고, 잠을 자기 일쑤였다. 수업 도중에 야동 화면이 떴다가 사라지기도 했다. 선생들은 유령을 모아놓고 수업하는 기분을 맛보았다. 그나마 생각 있는 선생들이 나서서 대안을 찾았지만, 갈팡질팡하면서 시간만 허비했다. 수업은 본래 의미를 상실한 지 오래였다. 그 와중에 선생들을 향해 똑바로 하라는 학부모의 전화가 빗발쳤다. 한마디로 학교는 거대한 어둠 속에 놓여 있었다. 학교에 있을 시간에 거리를 배회하는 아이들이 늘어나다 보니 학교 밖에서의 폭력도 무시할 수 없었다. 디지털 학교 폭력 또한 큰 폭으로 번졌다.

미주도 연재 무리에게 번번이 괴롭힘을 당했다. 몇 번 담임에게 상담을 요청했지만 담임은 귓등으로도 안 들었다. 다 자기 할

탓이지 남을 원망하는 버릇은 좋지 않아. 아, 원망하는 게 아니라…… 너, 어른한테 말대꾸하는 것도 버릇이구나. 친구들한테도 그러니? 네가 그러니까, 애들이 널 싫어하는 거야. 이렇게 찾아와서 미주알고주알 일러바치는 것만 해도 그래. 네가 이러는 걸 알면 친구들이 어떻게 생각하겠어? 입장을 바꿔놓고 생각해봐. 친구들하고 잘 지내고 싶으면 네가 먼저 잘해야지. 친구들한테 잘하는 게 뭐 특별한 건 아니잖아? 돈 드는 일도 아니고. 그냥 묵묵히 네 할 일을 하면 되는 거야. 보건환경부장으로서 책임감을 갖고 말이지.

미주는 더 이상 할 말이 없었다. 참, 너 아빠 안 계신다고 했지? 아뇨, 그게 아니라…… 넌 뭐가 그렇게 아닌 게 많니? 말끝마다 대꾸나 하고 말이지. 이래서 가정교육이 중요하다는 거야. 미주는 머리에서 김이 폴폴 올라오는 걸 느꼈다. 딸꾹질이 나왔다. 더 할 말 없으면 그만 가보라는 담임의 말에 일어섰다. 교무실을 나서는데 등 뒤에서 담임의 목소리가 들렸다. 아니, 똥을 쌌으면 제가 치울 일이지 왜 나한테 치우래.

미주는 곧장 화장실로 달려갔다. 세면기에 물을 받아 머리를 담그면서, 다시는 담임을 선생님이라 부르지 않겠다고 다짐했다. 미주가 자퇴한다고 하면 그래? 다니기 싫으면 다니지 말아야지, 라고 할 게 뻔했다. 자기가 싼 똥은 자기가 치우는 게 맞지, 라고 하면서 콧노래를 부를지도 몰랐다.

엄마는 스스로 깨어 있다고 자부하는 만큼 생각도 앞서갔다.

가까운 미래에 교사는 인공지능으로 대체되고, 유비쿼터스 교실 환경에서 태블릿 PC를 이용한 디지털 교과서로 수업하게 된다, 결국 지금 같은 학교 형태는 존재하지 않을 거다, 어차피 변화하는 시대에 맞춰 살아가야 한다, 메타버스에 올라타야 하는 시대다,라며 자퇴를 반대하지 않았다. 다만, 스스로의 선택에 대해 책임은 져야 한다고 했다.

과학자인 아빠는 외국에 나간 지 5년째였다. 인간의 특성을 복제한 동반자 개념의 휴머노이드를 설계한다고 했다. 초등학교 5학년 때 미주는 영화 「빅 히어로」를 보고 아빠에게 아픈 데를 치료해주는 '베이맥스' 같은 로봇을 만들어달라고 졸랐다. 아빠는 시간이 좀 걸리겠지만 우리 미주가 원하면 만들어줘야지,라고 말했다. 그때 미주는 아빠가 자랑스러웠다. 하지만 아빠 얼굴조차 보기 어려워지자, 나중에 과학자는 되지 말아야지 다짐했다.

아빠와는 이따금 이메일이나 톡, 영상 통화로 안부를 주고받았다. 안 그래도 바쁜 아빠와 이런 문제를 의논할 수는 없었다. 좋은 이야기만 해도 시간은 늘 모자랐다. 첨단 미래를 설계하는 과학자 아빠가 아니라 늘 옆에 있는 아빠라면 얼마나 좋을까. 힘들 때 말을 걸어주고 안아주기도 하는 아빠. 미주는 하루라도 빨리 아빠가 돌아오기만 바랐다. 그럴 수 없다는 걸 알기에 더 간절했다.

"무슨 생각을 그렇게 해?"

레아가 말했다.

"아니, 아무것도 아니야."

"내가 말한 거 잘 생각해봐."

"어? 난 자신 없어."

"걱정 마, 할 수 있어. 나랑 같이 하면 돼."

레아의 눈이 반짝거렸다. 미주는 고개를 떨어뜨렸다.

"나를 믿어. 네 믿음만이 나를 존재하게 하거든. 그 믿음이 우리의 계획을 성공으로 이끌어줄 거야."

레아 말대로 뭘 하든 믿음만큼 소중한 건 없을 터였다. 하지만 미주는 여전히 레아도 레아의 말도 믿을 수가 없었다. 오히려 레아의 꿍꿍이속이 뭔지 알아내야겠다는 생각이 들었다. 미주의 마음을 아는지 모르는지, 레아는 사뭇 진지한 표정으로 말을 이었다.

"바이러스는 그저 세균의 일종이 아니라 생명체야. 그것들은 숙주 세포가 파열되고 죽을 때까지 새로운 바이러스를 만들어. 그러기 위해 자신들이 사는 세포를 재프로그래밍하고."

"……"

"형체가 없으니 볼 수도 없고, 그러니 어디로 튈지도 몰라. 그래서 더 무서운 존재야."

상대는 나를 보고 있는데, 나는 상대를 알지 못한다는 건 끔찍한 일이었다. 그 말에는 공감한다는 뜻으로 미주가 고개를 끄덕였다. 레아는 미주와 눈을 맞추며 계속했다.

학폭 바이러스는 오랜 시간 잠들어 있다가 깨어난 신과 같은 존재야. 세계를 창조한 신. 깨어나 보니 세상이 온통 아수라장이었어. 마음에 들지 않았지. 잠에 취해 있는 동안 그 신이란 존재도 변질됐어. 한마디로 개념이 없어진 거지.

신까지 들먹이다니, 미주는 레아가 말을 그럴싸하게 꾸미려고 애쓴다는 생각이 들었다.

"뭐, 누군가 지어낸 농담일 수도 있지. 하지만 학폭 바이러스가 세상을 향한 분노에 차 있는 건 확실해."

레아가 말했다.

"분노?"

"응, 분노. 그래서 막아야 하고, 더 기다릴 수도 없어."

세계보건기구의 조기 경보 시스템에는 학폭 바이러스에 관한 메시지가 쇄도했다. 며칠 만에 수백 건의 위험 경보가 등록되었다. 아직 감염 경보를 발표하지 못하고 있는 것은 확인 절차가 필요하기 때문이었다. 절차가 까다로워서 앞으로도 시간이 꽤 소요될 거였다. 한시가 급한 상황에서 확실시될 때까지 기다릴 수만은 없었다.

레아의 눈은 투지로 타올랐다.

"아무튼 그런 건 정부 차원에서 해야지, 왜 너랑 내가 해야 하는지 모르겠어."

"정부는 지금 기존의 바이러스에 급급한 나머지, 아직 창백한 머리 박쥐의 존재도 모르는걸. 알게 될 즈음에는 이미 상황이 끝난 다음이겠지. 그래서 지금 우리가 해야 하는 거야. 모든 일은 때가 중요해. 그래, 아무도 할 수 없는 일을 우리가 하는 거야. 어쩌면 이건 우리에게 주어진 임무일 수도 있어."

레아는 어깨를 으쓱한 뒤 밀웜 하나를 꿀꺽 삼키고는 말을 이었다.

"암튼 나는 아닌 것 같아."

"너랑 해야 하는 이유는 네 영혼이 맑기 때문이야."

미주는 언제나 궂은일, 남들이 하기 싫어하는 일을 도맡아 했다. 그걸 인정해주기를 바라지 않는 것은 물론, 억울한 일을 당해도 내색하지 않았다. 영혼이 맑은 사람만이 그럴 수 있었다.

영혼이 맑다, 라는 말은 그 자체로 영혼을 맑게 해주는 것 같았다. 하지만 미주는 그 말이 자신과는 어울리지 않는다는 생각이 들었다. 레아가 그런 식으로 자신을 치켜세우는 것도 껄끄러웠다.

"어쨌거나 네가 찾는 사람이 난 아닐 거야. 난 잘하는 것도 없고 머리도 좋지 않아. 물론 공부도 못하지. 보다시피 몸도 비리비리하고 아이들한테 무시나 당하는걸. 그런 내가 뭘 하겠어. 뭐든 잘하고 강한 애들이 얼마든지 있어. 지금이라도 그런 앨 찾아봐."

"말했잖아. 너랑 내가 해야 한다고."

레아는 눈썹을 살짝 들어 올렸다가 내렸다. 그건 미주의 버릇이었다. 이제 아예 내 버릇까지 따라 하네. 미주는 레아가 의심스러우면서도 친근하게 느껴졌다.

"솔직히 나도 지금까지는 뭔가를 상대로 싸울 거라곤 생각하지 못했어. 싸움은 영 젬병이거든. 근데 이번엔 달라. 하지 않으면 안 돼. 내가 지구에서 영원히 추방당한다고 해도 말이야."

지구에서 추방당한다? 일반적인 말은 아니었다. 미주는 레아의 어휘 선택에 대해 조언하고 싶었다. 하지만 대화의 맥이 끊어질 것 같아 그만두었다. 그러기에는 레아의 눈빛이 너무 진지했다.

"네 심정 이해해. 갑자기 이런 제안을 받으면 나라도 당혹스러울 거야. 그래도 나를 믿어줘. 오늘은 이만 가고 내일 다시 올게."

미주는 세기에 대해 눌러놓았던 말을 하고 싶은 충동을 느꼈다.

"한 가지 물어봐도 돼?"

"뭔데?"

"세기 말이야, 그 애에 대해서 어떻게 알았어?"

"너랑 상관있는 애니까. 네가 좋아한 애잖아."

미주는 얼굴이 화끈거렸다. 세기와 눈이 마주칠 때마다 가슴이 콩닥거리기는 했다.

"어? 아니, 좋아한 건 아니고……"

"말 돌릴 거 없어. 가슴이 뛰었다는 건 좋아했다는 거야."

"서로 통한다는 생각은 했는데……"

"그게 그거야. 너 지금 얼굴 빨개진 거 알아?"

미주는 민망해서 화제를 돌리고 싶었다. 우물쭈물하는 사이 레아가 먼저 입을 열었다.

"말은 안 했지만 세기도 널 좋아했어."

"어?"

"세기가 그림을 선물한 건 네가 처음이자 마지막이었어. 살아 있었다면 그림을 그려서 또 너한테 주었겠지. 너희는 그때보다 더 좋은 사이가 되었을 거고……"

미주는 가슴이 아릿했다. 레아의 말대로 세기와 더 좋은 사이가 될 수도 있었을까. 더 좋은 사이라는 건 뭘 의미하는 걸까. 안 보면 보고 싶은 사이? 봐도 또 보고 싶은 사이? 그런 생각을 하니까 어느 순간부터 이미 그랬던 것도 같았다.

세기가 죽은 뒤 벽에 붙여놨던 그림을 서랍 깊숙이 넣어두었다. 그림을 보면 세기 생각이 나고, 세기를 향한 그리움과 연민이 일었다. 무엇보다 세기를 그렇게 만든 아이들에 대한 분노와 함께 아무것도 하지 못한 자신에 대한 죄책감을 견딜 수 없었다. 그림을 서랍에 넣으면서 미안함과 죄책감마저 묻어두려고 했는지 모른다. 하지만 그렇다고 기억까지 잊히는 건 아니었다.

"내가 괜한 이야기를 꺼냈나 봐."

미주가 말했다.

"아니, 잘했어. 나도 얘기하고 싶었거든. 기회를 보고 있었던 것뿐이야."

"아니야. 세기 얘기는 그만하는 게 좋을 것 같아."

"언제까지 그렇게 회피만 할 건데? 넌 세기의 억울함을 풀어줄 거라고 약속했잖아. 세기의 정원을 되찾아주겠다고 말이야."

미주는 뜨끔했다. 세기가 떠난 뒤 이 그림 너라면 잘 간직해줄 것 같아서,라고 한 말이 귓가에 맴돌았다. 어쩌면 그때부터 세기는 자신의 앞날에 대해 고민하고 있었는지도 모른다. 그걸 눈치채지 못한 자괴감이 가슴을 찔러댔다. 그 뒤로도 나비 그림을 그린 걸 보면 나름대로 희망을 가졌던 건 아닐까. 그마저 뒤늦게 알아차린 자신을, 미주는 견딜 수가 없었다. 세기의 억울함을 풀어주고 정원을 되찾아주겠다고 한 약속을 지키기는커녕, 세기가 죽음을 선택한 쇠기둥의 흔적만 좇고 있었다.

"그건 그런데……"

"알아, 너 혼자서는 할 수 없는 일이었어. 하지만 이제 할 수 있어. 내가 있잖아. 지금이 기회야. 세기의 영혼을 달래주고 학폭을 뿌리 뽑을 기회 말이야."

레아가 미주의 손을 잡았다. 미주는 손에서 손으로 전해지는 온기를 느끼며 레아를 바라봤다.

레아는 내일 보자, 라고 말했다. 미주가 고개를 끄덕였다. 교실 문을 나서려다 말고 레아는 할 말을 깜박했다며 돌아섰다.

"지금부터는 연재를 만나도 겁먹지 말고 당당하게 맞서."

미주는 그 말을 얼른 이해하지 못했다. 미주와 눈을 맞추며 레아가 계속했다. 연재의 눈을 피하지 말고 뚫어져라 바라보면서 숨을 크게 들이켰다가 내쉬어. 그러면 딸꾹질이 안 나올 거야. 스스로 강해져야 뭐든 할 수 있어. 박쥐를 처단하려면 마음의 힘부터 길러야 해.

미주는 고개를 끄덕이면서도 과연 그럴 수 있을지 자신이 없었다. 레아는 미주를 향해 윙크하고 교실 문을 나섰다. 윙크의 여운에 사로잡혀 미주는 엉거주춤 서 있다가 레아를 뒤따라갔다.

레아는 교실에 들어올 때처럼 성큼성큼 공중을 부유하듯 걸었다. 미주도 보폭을 크게 하며 발을 내디뎠다. 레아는 단숨에 창고

앞까지 가더니 멈춰 섰다. 왜 하필 창백한 머리 박쥐가 숨어 있다는 창고 앞인가. 미주는 입안이 바짝 마르고 다리가 후들거렸다. 레아는 화단 앞으로 걸음을 옮겼다. 미주는 누가 보고 있는 건 아닐까 싶어 주변을 돌아봤다. 다행히 아무도 없었다. 다시 고개를 돌렸을 때 레아는 보이지 않았다.

그새 어디로 간 거지? 주변을 샅샅이 살펴보았지만, 레아를 찾을 수 없었다. 혹시 영화에서 봤던 순간 이동? 미주는 흥미진진했던 영화 「점퍼」의 장면들을 떠올렸다. 하지만 인간이 순간 이동을 할 가능성은 거의 없다고, 아빠에게 들었다.

언제 날아왔는지 파란 줄무늬 나비 한 마리가 꽃 주변을 맴돌았다. 미주는 그 나비에게서 눈을 뗄 수가 없었다. 창고 문에 손을 대려는 순간 안 돼, 하는 듯 손등에 내려앉았던 나비. 레아의 목에 새겨진 파란 줄무늬 나비가 떠올랐다. 둘 사이에 무슨 상관관계가 있는 건가? 설마 레아가 나비? 터무니없는 생각이라고 여기면서도 미주는 야릇한 기분을 떨쳐내지 못했다.

어렸을 때 작은 꽃들 주변을 날아다니는 나비를 보고 나비가 되고 싶었던 적이 있었다. 엄마, 나비가 되려면 어떻게 해야 돼요? 나는 나비다,라고 생각하면 돼. 현실에서는 될 수 없는 것도 상상 속에서는 가능하거든. 엄마 말대로 미주는 상상 속에서 나비가 되곤 했다. 꽃들 사이를 날아다니다 보면 세상이 온통 향기로 가득 차 있는 걸 느낄 수 있었다.

레아가 감쪽같이 사라지자 미주는 꿈이라도 꾸고 난 기분이었다. 혹시 귀신? 아니면, 잠깐 헛것을 본 걸까? 미주는 풀리지 않는 과제를 안은 채 교실로 향했다.

흐트러진 책상과 의자는 레아가 교실에 있었다는 증거였다. 미주는 레아가 앉았던 의자를 바로 놓고 책상 줄을 반듯하게 맞추었다. 머릿속이 뒤죽박죽이었다. 왠지 하루가 아주 길 것 같은 예감이 들었다.

아이들이 하나둘 교실로 들어왔다. 연재가 오기 전에 화장실에라도 가 있다가 조회가 시작될 즈음 돌아올까. 아니, 언제 당해도 당할 건데, 매도 빨리 맞는 게 낫겠지. 연재와 맞닥뜨리면 뭐라고 변명해야 할까. 엄마가 출장 갔다고 할까. 학교 오는 길에 준비물을 잃어버렸다고 할까. 깜빡했다고 솔직히 말할까. 어떻든 결과는 마찬가지일 거였다. 미주는 한숨이 절로 나왔다. 오늘따라 연재는 왜 이렇게 늦는 거지? 희영은 또 왜 아직 안 오는 걸까? 연재가 희영을 산속 아지트로 불러서 괴롭히고 있는 건가? 연재는 왜 아이들을 괴롭히는 아이로 변해버린 걸까?

중학교 2학년 때까지만 해도 연재는 성적도 상위권이고 자타공인 모범생이었다. 성격도 무던하고 마음도 따뜻해서 친구들에게 인기가 많았다. 시무룩해 있는 아이에게 다가가 초코바를 건네며 파이팅, 하고 말해주는가 하면, 미주와도 가깝게 지냈다. 미주야, 그거 내가 도와줄게. 이렇게 하면 돼. 고마워. 고맙긴, 친구 사이에…… 그런 연재와 3학년 때 같은 반이 되어 미주는 내심 든든했다.

그런데 개학하고 며칠 뒤부터 연재가 달라졌다. 미주에게 까칠하게 굴더니 어느 날부터는 아예 미주를 외면했다. 갑자기 왜 이러지? 미주는 차마 물어보지 못하고 속앓이만 했다. 얼마 지나지 않아 연재는 몇몇 아이들과 어울려 다니면서 미주를 따돌리기 시작했다. 연재가 미주를 학급에서 외톨이로 만드는 데는 고작 1주일 정도가 걸렸을 뿐이다. 걸핏하면 단체 채팅방에 초대해서 빈정거리고 욕설을 퍼부었다. 이 방에서는 모두 욕을 하는 게 원칙이야,라고 하면서 미주에게도 욕을 하라고 했다. 미주는 아무리 그래도 욕을 할 수는 없었다. 그게 화근이었다. 딸꾹질 주제에 개고상 떨긴. 그런다고 걸레가 행주 되는 줄 알아? 아니, 그런 게 아니고 욕을 못 하겠어…… ×까지 마, ××년아. 그게 개고상 떠는 게 아니면 뭐냐? 얘들아, 내 말이 맞니, 틀리니? 연재의 말에 동조하는 댓글이 욕설과 함께 주르르 올라왔다.

떼카. 바퀴벌레가 알을 깔 때의 모양이 그렇지 않을까. 몸에 바퀴벌레가 기어 다니는 것 같고, 차차 온몸이 가려웠다. 미주는 채팅방을 나왔다. 연재가 곧바로 다시 초대했다. 싸가지하고는. 허락도 안 했는데 어디서 맘대로 나가고 지랄이야? 또 나가면 벌금인 거 알지? 대답 안 해? 어? 나가지 말라고 이 ××년아. 그렇게 미주를 다시 부른 다음, 한꺼번에 채팅방에서 나가기도 했다. 미주가 대답을 하면 하는 대로, 안 하면 안 하는 대로 트집이었다. 그런 식으로 톡 지옥은 계속되었다. 그것은 시작에 불과했다. 괴롭힘은 날이 갈수록 심해지고 끝이 보이지 않았다.

두 달 전, 나뭇잎이 하나둘 연둣빛으로 물들 무렵, 등교 주간이었다. 미주는 아침부터 아랫배가 무지근한 걸 느꼈다. 그게 생리의 조짐이라고는 생각지 못했다. 생리가 끝난 지 2주밖에 지나지 않았으니까. 하필 수업 중에 생리가 시작되었고, 평소보다 양도 많았다. 선생님, 저 어지러워서…… 둘러댄 뒤 허둥지둥 보건실로 향했다. 이미 치마는 펑 젖어 있었다. 다행히 복도의 사물함에 체육복이 있었다. 화장실로 달려가 갈아입었는데 허리가 끊어질 듯한 생리통이 시작되었다. 다시 보건실로 갈 수밖에 없었다. 문제는, 화장실에서 급히 나오면서 치마를 깜박하고 나온 거였다. 그사이에 쉬는 시간이 되었고, 화장실은 이미 만원이었다. 치마는 보이지 않았다. 미주는 당혹스러웠다.

교실로 돌아왔을 때, 피 묻은 치마가 걸린 마대가 교탁 앞에 세워져 있었다. 정말 가지가지 한다. 더럽게 뭐냐? 연재가 말했다. 쟤 생리대 살 형편도 안 돼서 그런 건데 봐줘. 옆에 있던 아이가 목소리를 높여 거들었다. 미주는 마대에 걸려 있는 치마보다 그 말에 더 모욕감을 느꼈다. 남자애들 몇 명은 인상을 찌푸리고, 몇 명은 눈치껏 못 들은 척했다. 지겹다, 이제 그만 좀 해라, 라고 소리치며 교실 밖으로 나가버리는 아이도 있었다.

미주는 온몸이 얼어붙는 걸 느꼈다. 얼른 치우지 않고 뭐 하냐? 연재 무리가 낄낄대는데도 멍하니 서 있었다. 치마를 치운다고 달라질 게 뭐 있을까. 그래, 너희 마음대로 해봐라. 미주는 이를 악물고 버텼다. 멀리서 지켜보고 있었던 듯 희영이 다가와 치마를 가방에 넣어주었다.

놀고 있네. 끼리끼리 논다는 게 저런 거지. 누가 아니래. 근데 미주 쟤네 아빠 외국에 갔다며? 그럼 돈 많이 벌 텐데 왜 생리대도 못 사냐? 외국은 무슨, 몇 년 동안 한 번도 안 왔다는데. 감옥에 간 거 아냐? 미주는 머리칼이 쭈뼛 서는 걸 느꼈다. 하지만 아무 말도 하지 못했다. 감옥 간 걸 외국 갔다고 한 거야? 와, 거짓말한 거네. 야, 거짓말하면 벌금인 거 알지? 내일까지 안 내면 이자까지 해서 '따블'이야. 쟤 말 못 하는 거 보니까 진짜로 감옥에 간 거네. 혹시 죽은 거 아냐? 그럴 수도 있겠다. 야, 근데 벌금 받으면 뭐 사 먹을까? 어떻게 그런 말을 그렇듯 쉽게 하는지 미주는 이해할 수도 용납할 수도 없었다. 그런데 반복해서 듣다 보니 정말로 아빠가 감옥에 갔거나 죽었을지도 모른다는 생각이 들기까지 했다.

교실 어디에도 미주가 설 자리는 없었다. 그것은 생각 이전에 피부로 느끼는 감각이었다. 어디에도 설 곳이 없는 건 희영도 마찬가지였다. 그렇다고 희영과 가까이 지낼 생각은 없었다. 둘이 엮이면 모욕은 몇 배가 되어 돌아올 테니까. 그러느니 차라리 혼자가 나았다. 급식실이나 화장실에 가는 것이 가장 고역이었다. 수시로 가슴이 막히고 눈앞이 캄캄해졌다. 딸꾹질하는 지질이.

미주는 자신의 존재가 부정당하다가 이제는 사라지고 있다고 느꼈다. 왜 그렇게 되었는지는 알 수 없었다. 까마득한 기분이 들 때마다 입술을 깨물었다. 입술에 든 멍이 채 사라지지 않았는데,

봄이 지나갔다. 봄 내내 맛본 것은 혼자라는 외로움과 주체할 수 없는 모욕감이었다. 장미꽃이 만발했을 즈음, 외로움이라면 그럭 저럭 견딜 만해졌다. 하지만 여전히 모욕감만은 견딜 수가 없었다. 쇠기둥은 사라지고 없었지만 발길이 자꾸 그쪽으로 가 닿았다. 그러나 그건 안 될 일이었다. 자퇴만이 답이었다. 결심하고 나니 오히려 홀가분했다.

"졸라 빡치네."

교실 문을 발로 차는 소리와 함께 욕설이 들렸다. 익숙한 목소리인데 연재나 연재 무리 중 누군가는 아니었다. 설마 희영이? 미주가 고개를 들었을 때는 이미 모두의 시선이 그쪽으로 향해 있었다. 희영이 맞았다. 그새 얼굴의 반점은 사라지고 눈에 핏기도 없었다. 하지만 세상의 모든 불행을 짊어진 아이의 모습이라고나 할까, 등은 구부정하고 눈에서 음울한 광기가 뿜어져 나왔다.

희영은 가방을 내던지다시피 하고 제자리를 찾아가 앉았다. 쟤가 내가 아는 희영이 맞나? 얼굴과 목소리는 분명 희영인데 행동은 아니었다. 아니, 뭘 잘못 보고 있는지도 몰랐다. 레아도 그렇고, 내 정신이 좀 이상해진 건가? 미주는 자신에 대해 회의했다. 하지만 다시 봐도 희영이었다. 희영은 누구에게인지 모를 욕설을 연신 퍼부어댔다. 아이들은 하나같이 눈이 휘둥그레진 채 희영을 바라보고 있었다. 마치 황당한 쇼를 바라보는 관객들처럼. 처음에는 쟤 뭐야? 왜 저래? 하다가 이내 입을 다물었다. 한동안 희영 외에 누구도 입을 열지 않았다. 희영이 일어나 눈을 치켜뜬 채 교

실을 한 바퀴 돌았다. 가방이나 신발주머니가 걸리적거리면 사정
없이 발로 걷어찼다.

"신성한 교실 분위기가 왜 이러냐?"

무리와 함께 연재가 교실로 들어서며 말했다. 아무도 대꾸하지
않았다.

"쟤, 뭐냐?"

연재가 턱짓으로 희영을 가리키며 말했다.

"야, 경고하는데 아무 말이나 씨불거리지 말고 찌그러져 있어
라."

희영의 목소리에 날이 서 있었다.

"헐! 쩨찐, 저거 아침부터 뭐 잘못 먹음?"

연재가 어이없다는 듯 주변을 둘러보며 말했다.

"경고했다."

희영이 연재를 쩨려보며 말했다.

"경고? 이게 정말 겁대가리 상실함? 좋은 말로 할 때 눈 깔아라."

연재가 희영의 머리를 손가락으로 건드리며 말했다. 희영은 눈
을 더 치켜뜨며 입술을 비틀었다.

"이제 귀까지 처먹었냐? 내 말 안 들려?"

"선 넘지 마라."

희영이 이를 앙다문 채 말했다. 연재가 같잖다는 듯 선? 하며
헛웃음을 흘렸다. 희영이 벼르고 있었다는 듯 연재의 머리채를
잡더니 순식간에 벽으로 밀어붙였다. 어떻게 이런 일이? 아이들

은 놀란 표정으로 숨을 삼켰다. 연재가 꼼짝없이 버둥댔다. 희영이 연재의 얼굴에 침을 뱉고 다리를 발로 찼다. 연재가 억, 소리를 내며 주저앉았다. 그제야 희영의 눈치를 보고만 있던 연재 무리가 희영을 에워쌌다. 희영은 조금도 물러서지 않았다. 누가 먼저랄 것도 없이 발길질이 시작되고 이내 몸싸움으로 이어졌다. 연재 무리가 한꺼번에 달려드는데도 희영은 한 치도 밀리지 않았다. 오히려 연재 무리가 열세로 돌아서는 형국이었다. 책상과 의자가 넘어지고 책과 노트, 필기도구들이 바닥에 나뒹굴었다. 교실은 순식간에 아수라장이 되었다.

나서서 말리는 아이는 없었다. 오히려 즐기는 분위기라고나 할까, 여기저기서 픽픽 웃는 소리가 나기 시작했다. 아이들은 은근히 희영을 응원하는 눈빛이었다. 누군가는 휘파람을 불기까지 했다. 그동안 연재에게 당한 데 대한 보상 심리일 터였다. 하지만 연재가 어떻게 돌변할지는 알 수 없었다. 상황이 끝날 기미가 보이지 않자, 반장이 눈치를 보더니 슬그머니 교실을 나갔다. 그것이 뭘 의미하는지 알 수 있었다. 연재 무리와 희영을 제외한 아이들은 하나둘 책을 펴고 자세를 바로잡았다.

"니들 뭐 하는 거야?"

담임의 새된 목소리에 싸우던 아이들이 씩씩대며 자리로 돌아갔다.

"소지품 검사한다. 뒷산에서 물건을 빼앗겼다는 제보가 들어왔거든."

담임은 오직 소지품 검사만이 자신이 할 일이라는 표정이었다.

시대가 어느 시대인데 소지품 검사냐, 명백한 인권침해다, 거부권이 있다,라는 말들이 쏟아져 나왔다. 담임은 그에 아랑곳하지 않고 책상 위에 가방을 올려놓으라고 소리를 빽 질렀다. 아이들은 두리번거리며 서로 눈치만 보았다. 담임이 반장, 부반장을 향해 솔선수범하지 않고 뭐 하느냐고 소리쳤다. 그제야 반장, 부반장을 선두로 아이들이 주섬주섬 가방을 책상 위에 올려놓았다. 학급 인원의 반 이상이나 뒤졌는데도 기대했던 물건이 나오지 않았다. 담임은 실망한 기색이었다. 마지막 한 줄을 남겨놓았을 때 애늙은이처럼 구는 복학생 남자애의 가방에서 뭔가가 나온 모양이었다. 담임은 포획자의 눈이 되었다가 이내 미간을 찡그렸다.

"이건 뭐냐?"

담임이 묻자 힐끗거리던 아이들이 낄낄댔다. 그게 성인용품이라는 걸 미주도 짐작할 수 있었다. 복학생은 전에도 그런 걸 가져왔고, 그 애와 어울리는 애들 사이에 돈이 오가는 걸 보았다.

복학생은 고개를 숙인 채 대답하지 않았다.

"이런 걸 왜 학교에 가지고 다녀?"

"선생님 필요하시면 가지실래요? 끝내주는 건데."

여기저기서 폭소가 터져 나왔다. 담임은 얼굴이 붉으락푸르락한 채 복학생을 앞장세우고 교실을 나갔다. 연재 무리와 희영의 다툼은 안중에도 없는 듯했다. 긁어 부스럼을 만들 필요가 없다고 판단했을까. 그러느니 차라리 애늙은이를 닦달하는 편이 낫겠다고 생각한 것인지도 몰랐다.

　연재가 벌떡 일어섰다. 미주는 움찔했다. 그런데 연재는 미주에게는 눈길도 주지 않고 희영에게로 다가갔다. 분이 풀리지 않았는지 식식거렸다. 연재 무리와 희영은 다시 머리채를 쥐고 싸움을 시작했지만, 1교시 시작종이 울리자 제자리로 돌아갔다.

　희영이 갑자기 변한 이유가 뭘까. 레아 말대로 창고에 박쥐가 있고, 희영이 감염된 걸까. 얼룩처럼 번져 있던 반점과 붉은 흰자위, 광기 어린 눈빛, 구토는 모두 감염의 증상일까? 뒷산에서 물건을 빼앗았다는 애는 희영일까? 그럴 리 없다 싶으면서도 미주는 의구심을 떨칠 수가 없었다. 희영이 뒷산 쪽으로 가는 걸 보지 않았나. 희영의 행동이 줄곧 수상쩍은 것도 사실이었다. 레아 말로는 창고로 숨어들기 전까지 박쥐는 뒷산의 움막에 있었다고 했다. 거기서 애들을 감염시켰다고. 혹시 박쥐가 숨어 있었다는 움막이 연재 무리의 아지트였나? 미리 심어놓은 보균자들이란, 연재와 그 무리들인가? 공교롭게도 앞뒤가 딱딱 맞아떨어졌다. 미주는 아찔함을 느꼈다.

　쉬는 시간이 되자 연재가 미주 앞으로 다가왔다. 드디어 올 것이 왔구나. 가슴이 덜컹했다. 연재가 미주의 얼굴을 빤히 바라봤다. 언제 날아왔는지 나비 한 마리가 미주의 손등 위를 맴돌았다. 교실에 웬 나비지? 순간, 미주는 부드럽고 몽롱한 감각이 온몸을 에워싸는 걸 느꼈다.

　"미주야."

평소대로라면 야, 딸꾹질! 했을 텐데, 이름을 부르다니. 게다가 목소리도 여느 때와 딴판으로 부드러웠다. 미주는 어떻게 해야 할지 얼른 판단이 서지 않았다. 레아가 하라는 대로 해보는 수밖에 없지 않을까. 미주는 연재를 뚫어져라 바라봤다.

"그동안 내가 좀 심했지?"

"어?"

"앞으로 잘 지내보자."

연재는 마치 악수라도 하자는 듯 손을 내밀며 말했다. 미주는 그런 연재가 낯설었다. 조금 전까지만 해도 희영을 물어뜯을 것처럼 굴더니, 나한테 왜 이러는 거지? 혹시 레아가 어떻게 한 건가? 누구 말을 들을 연재가 아닌데. 아니, 레아가 하라는 대로 연재의 눈을 뚫어져라 바라봤기 때문인가?

"어어."

미주는 손을 내밀며 말했다.

"사과했다, 됐지?"

연재가 떨떠름한 표정으로 말했다.

"어?"

"사과했다고. 그러니까 이상한 애 다시 보내지 말란 말이야. 알았지?"

"어."

미주는 겨우 대답했다. 이상한 애를 보내지 말라는 걸 보면, 레아가 연재를 찾아갔다는 건데. 레아 때문에 연재가 울며 겨자 먹기로 사과했을까? 어쨌거나 연재는 준비물에 대해서는 말이 없었다. 적어도 전처럼 괴롭히지는 않겠다는 건가? 미주는 여전히 얼떨떨했다.

레아는 누구일까. 연재로부터 나를 보호해주는 걸 보면 나쁜 애는 아닌 게 분명해 보였다. 하지만 느닷없이 나타나서 창백한 머리 박쥐가 어떻고 바이러스가 어떻고 이상한 말을 하지 않나, 밀웜을 즐겨 먹고 공중을 부유하는 듯한 걸음걸이며 순식간에 사라지는 것도 그렇고, 여러모로 의문투성이였다. 무엇보다 세기에 대해 알고 있는 데다 미주가 어떤 행동을 해야 하는지 일깨워주었다.

미주는 하루가 어떻게 지나갔는지 모를 지경이었다. 잠자리에 들어서도 쉬이 잠들지 못했다. 새벽녘이 되어서야 깜박 잠이 들었다.

미주야.

세기의 목소리였다.

네가 웬일이야?

그냥, 네가 보고 싶어서.

미안해, 세기야. 너에게 한 약속을 아직 지키지 못했어.

미주야, 난 네가 잘 지내기만 바랐어. 근데 너무 힘들어 보여.

아니야, 곧 괜찮아질 거야. 걱정하지 마.

미주야, 꼭 그래야 해. 알았지? 난 네 편이야, 언제까지나.

고마워.

미주야, 힘내!

미주를 바라보는 세기의 눈이 젖어 있었다.

알람 소리에 눈이 번쩍 뜨였다. 세기는 오간 데 없고 세기의 젖은 눈만 잔상으로 남아 있었다. 미주는 세기를 위해서라도 레아와 함께 그 일을 해야 한다는 생각이 들었다.

레아를 다시 보게 될까, 미주는 기대 반 의심 반으로 학교로 향했다. 창고 쪽은 아예 돌아보지도 않았다. 레아 말대로 박쥐가 거기 숨어 있다면 그 근처에는 얼씬거리지 말아야 했다. 미주는 어느새 레아의 말을 믿고 있는 자신이 놀라웠다. 레아를 만나면, 세기 이야기를 하고 싶었다. 교정을 한 바퀴 돌며 찾았지만 레아는 보이지 않았다. 올 거라면 아이들이 오기 전에 올 텐데. 역시 안 오는 건가?

아이들이 하나둘 교문을 통과하고 있었다. 미주는 가슴 한구석이 휑해지는 걸 느꼈다.

하룻밤 사이에 교실 분위기는 백팔십도 달라져 있었다. 희영이 연재 무리와 어울려 다니며 희희낙락했다. 아니, 희영이 그 애들의 우두머리가 된 분위기였다. 희영이 뒷짐을 진 채 앞장서고, 연재와 그 무리가 뒤따르면서 교실을 한 바퀴 돌았다. 희영이 눈짓하자, 연재가 전학 온 지 얼마 안 된 아이에게 다가가 머리칼을 흐트러뜨렸다. 그 애는 아무 반응이 없었다. 희영이 다시 암호를 보내듯 턱짓을 했다. 연재가 그 애의 뺨을 때렸다. 그 애가 눈물을 터뜨렸다. 연재 무리가 그 애를 향해 돌아가며 욕설을 퍼부었다.

"뚝, 뚝!"

희영이 그 애의 턱을 검지로 들어 올리며 말했다. 연재 무리가 책상을 넘어뜨리고 떨어진 물건들을 사정없이 짓밟았다. 희영은 다시 뒷짐을 진 채 그 주변을 맴돌았다. 언제나 그랬듯이 미주는 이런 상황에서 아무것도 할 수 없는 자신이 싫었다. 레아가 봤다면 저 애를 도와줬을까. 레아 말대로 창백한 머리 박쥐를 없애면 이런 일이 없어질까.

미주는 수업에 집중이 안 될뿐더러 아무것도 손에 잡히지 않았다.

종례가 끝나자 아이들은 앞다투어 교실을 빠져나갔다. 순식간에 교실이 휑했다. 희영이 오늘따라 왜 늑장을 부리는지 미주는 의아했다. 둘만 남자 희영이 마치 이 순간을 기다렸다는 듯 미주에게로 다가왔다.

"너, 내가 무섭니?"

"아니, 그렇진 않지만……"

"너도 더 이상 당하기 싫으면 내가 하라는 대로 해."

미주는 뭐라고 대답해야 할지 몰라 희영을 바라봤다.

"아무도 모르게 창고에 가봐. 가보면 알아."

희영은 귓속말을 했다. 이번에도 미주는 대답하지 못했다.

"너한테만 알려주는 거야. 꼭 가봐."

선심을 쓰듯 말하는 희영의 표정은 가지 않으면 안 된다,라고 말하고 있었다.

창고에 박쥐가 있다는 걸 알면서 나더러 창고에 가라고 하다니. 희영은 과거의 자신을 잊기라도 한 걸까. 아니, 잊지 않았으니까 창고에 가보라는 거겠지. 희영은 달라진 자신의 모습에 만족하고 있는 듯했다. 그게 얼마나 나쁜 짓인지 모르는 걸까. 그런 건 상관없다는 걸까. 미주는 남을 괴롭히느니 차라리 괴롭힘을 당하는 쪽을 택할 거였다. 미주는 희영의 눈을 마주 볼 수가 없었다.

"어어."

미주는 건성으로 대답했다. 꿈에서라도 창고에 갈 마음은 없었다. 아니, 레아와 함께 박쥐를 없애야 한다는 생각이 들었다.

복도에서 연재 무리가 빨리 오라고 재촉하는 소리가 들렸다. 희영이 지금 나간다, 소리치며 교실을 빠져나갔다. 구부정한 등에서는 여전히 음울한 빛이 뿜어져 나왔다. 미주는 희영이 보이지 않을 때까지 멍하니 서 있었다.

미주는 평소처럼 텅 빈 교실과 복도, 계단까지 쓸고 닦았다. 분리수거를 마치고 교실로 돌아왔을 때 레아가 칠판에 기대어 서 있었다. 머리 위로 무지갯빛 후광이 드리운 채였다. 미주와 눈이 마주치자 레아가 윙크했다. 미주는 미소로 답하면서도 주변을 살폈다. 레아와 함께 있는 걸 누가 보면 안 될 것 같았다.

"괜찮아. 아무도 없어."

레아는 미주의 뱃속에라도 들어갔다 나온 것처럼 말했다. 미주는 마음이 놓이지 않았다.

"넌 아직도 나를 믿지 못하는 것 같은데."

"그래, 솔직히 말하면."

"네 맘 이해해. 누군가를 믿는다는 게 쉬운 일은 아니지. 더구나 우린 어제 처음 만났으니까. 하지만 넌 곧 나를 믿게 될 거야."

레아는 차분하면서도 자신에 찬 목소리로 말했다.

"궁금한 게 있어."

미주가 말했다.

"말해봐."

"너, 연재한테 어떻게 한 거야?"

"딱히 어떻게 한 건 아니고, 그냥 너를 괴롭히지 말라고 했을 뿐이야. 괴롭히면 가만 안 두겠다고. 물론, 그저 협박이 아니라 정말 그럴 생각이었지. 걔, 눈치는 빨라서 바로 꼬리를 내리더라. 약자한테 강하고 강자한테 약한 애들이 그러잖아."

미주는 고맙다고 말해야 하는데 막상 입이 떨어지지 않았다.

"어어."

"근데 아까 보니까 아직 정신 못 차렸던걸. 그게 사과하는 애 태도냐? 지금은 억지로 하지만 두고 보자, 뭐 이런 거였잖아. 너 말고 다른 애를 괴롭히기나 하고 말이야."

"그걸 어떻게 알아?"

"봤으니까 알지."

레아가 웃으면서 말했다.

"봤다고?"

"물론이야. 난 계속 여기에 있었거든."

종일 모습을 드러내지 않던 레아가 교실에 있었다니. 투명인간이라도 되나? 그럼에도 미주는 그 말을 믿고 싶었다. 가슴속에서 정체를 알 수 없는 무언가가 피어나는 걸 느꼈다. 이건 뭐지? 미주는 가슴 깊은 곳에서 울리는 소리에 귀를 기울였다. 레아를 믿어.

"마음 단단히 먹어. 네가 약한 모습을 보이면, 연재는 언제든지 다시 너를 괴롭힐 거야."

미주는 자신도 모르게 주먹을 꼭 쥐었다.

"연재는 학폭 바이러스 보균자야. 창백한 머리 박쥐가 심어놓은. 같이 어울려 다니는 애들도."

미주는 이미 짐작하고 있던 터라 놀랍지는 않았다.

"그 애들도 처음엔 나쁜 짓을 하고도 왜 그러는지 몰랐어. 나쁜 짓을 하고는 곧 후회도 했지. 다음엔 절대 그러지 말아야지 다짐도 했고."

그러나 그건 오래가지 않았다. 몸과 마음이 나쁜 짓을 저지르는 데 쉽게 적응되었다. 이제는 이전의 자신들에 대해서는 기억도 하지 못했다. 죄책감도 느끼지 않았다. 아직은 힘이 약하지만 점점 난폭해질 것이다. 감염된 아이들이 늘어날수록 바이러스의 힘 또한 강해질 테니까.

미주는 연재의 예전 모습이 떠오르면서 가슴이 울렁거렸다. 레아가 말을 이었다.

"따지고 보면 걔들도 피해자인 셈이지."

"그러네. 걔들 말이야, 원래 모습으로 돌아올 수는 없는 거야?"

"말했잖아. 방법은 단 하나라고. 박쥐를 없애는 거. 그러면 걔들도 더 이상 힘을 쓰지 못해."

"정말?"

"그렇대도. 희생자들이 더 늘어나기 전에 해야 돼. 더 이상 미룰 수 없어. 미뤄서도 안 되고. 희영이 달라진 거, 너도 봤잖아."

레아는 어떻게 이 모든 걸 알게 되었을까. 새삼 의아했다.

"그럼 희영이도 박쥐한테 당한 거야?"

"응, 근데 연재 무리하고 희영인 달라. 연재랑 그 무리는 박쥐가 있는 줄 모르고 움막에 갔다가 자기도 모르게 감염된 거고, 희영인 자발적으로 박쥐한테 물렸거든."

"그게 무슨 말이야? 희영이가 자발적으로 감염됐다고?"

"응, 연재한테 더 당하지 않으려고. 연재를 이겨보려고 말이야."

"그럼 희영인 박쥐를 어떻게 알게 된 거야?"

"연재 무리가 아지트에서 뭘 하는지 엿보려고 갔다가 거기서 나오는 애들이 이상해진 걸 본 거야. 너도 창고에서 나오는 희영이 봤잖아. 반점이랑 눈빛, 그런 것들 말이야."

희영은 저건 뭐지? 왜 저러지? 하면서 지켜봤다. 그러다가 연재 무리가 하는 말을 들었다. 아지트에 박쥐가 있다는 것, 박쥐에게 물리면 몸에 이상 징후가 나타나며, 성격이 폭력적으로 변한다는 것까지. 희영은 연재에게 앙갚음만 할 수 있다면 뭐든 하고 싶었다. 틈만 나면 아지트 근처를 얼쩡거리며 들어갈 기회를 엿보았다. 그런데 최근에 연재 무리가 아지트에 드나들지 않았다. 무엇보다 더 이상 반점이 생기거나 구토하는 아이들을 볼 수 없었다.

희영은 이건 또 뭐지? 하다가 드디어 아지트가 비어 있는 틈을 타서 안으로 들어갔다. 그런데 박쥐가 보이지 않았다. 희영은 맥이 빠졌다. 하지만 연재 무리를 집요하게 쫓은 결과, 다시 그들의 말을 엿들었다. 박쥐 말이야, 드디어 학교 창고로 갔어. 앞으로 벌어질 일이 기대되지 않냐? 희영은 그길로 창고로 향했다. 문제는, 희영이 감염된 다음이었다. 희영이 연재보다 힘이 더 세진 거였다. 연재로서는 놀랄 수밖에 없었다. 한동안 둘이 서열 다툼을 하려고 아웅다웅할 것이다.

미주는 희영에 대한 안쓰러움을 느꼈다. 또 연재가 왜 그렇게 변했는지 의문이 풀렸지만 마음은 전보다 더 무거웠다. 더욱이 학폭의 주범이 되어서까지 서열 다툼이라니. 박쥐를 향한 분노로 몸이 떨렸다.

"박쥐가 살아 있는 한, 누구도 피해 갈 수는 없어. 그러니까 우리가 박쥐를 없애야 해."

미주는 마음 깊은 곳에서 박쥐를 없애야 한다는 생각이 끓어오르는 걸 느꼈다.

"박쥐를 없애면 모두 제자리로 돌아오는 게 확실해? 학폭이 없어진다는 거 말이야."

"그렇다니까. 그뿐이 아니야. 학교도 이전과는 달라질 거야. 아이들이 가고 싶은 곳으로 말이야."

모든 걸 알게 된 이상, 미주는 그 일을 하지 않으면 안 된다는 걸 알 수 있었다. 그런데 그 일을 하겠다는 말이 선뜻 나오지 않았다. 연재와 그 무리에 이어 희영까지 그렇게 만든 박쥐가 아닌가. 작정하고 학교 안까지 들어온 놈을 무슨 수로 없앤다는 건가. 아니, 레아가 한다고 했다. 연재의 괴롭힘으로부터 벗어나게 해준 레아에게 보답하기 위해서라도 그 일을 해야 하지 않을까. 세기를 위해서라도 해야만 했다.

미주는 레아의 제안을 받아들였다. 레아는 이 일을 마칠 때까지 누구도 알아서는 안 되고, 설령 공을 세운다고 해도 아무도 알아주지 않을 거라고 했다. 미주는 그런 건 아무래도 좋다고 고개를 끄덕였다.

"박쥐를 어떻게 없앨 건지 구체적인 계획을 말해봐. 내가 할 일이 뭔지도."

"나를 믿는다는 뜻이야?"

레아의 목소리는 들떠 있었다. 미주는 입을 꾹 다문 채 눈만 깜박였다. 레아가 미주의 손을 잡았다. 미주는 몽롱한 감각이 온몸을 에워싸는 걸 느꼈다. 레아는 밀웜 하나를 꿀꺽 삼키고 계획에 대해 말했다.

내일 아침 창고 앞에서 만나 박쥐를 처치한다. 불에 태우는 것만이 박쥐를 없앨 유일한 방법이다.

창고는 어차피 잡동사니로 가득 차 있고 박쥐가 숨어 지냈던 곳이니 이참에 불을 질러 없애버리는 것이 계획이었다. 불을 지르는 건 레아가, 미주는 망을 보기로 했다. 레아가 불이야,라고 외치면 미주는 재빨리 그 자리를 벗어나면 되었다.

"내가 할 일이란 게 그렇게 간단해?"

미주가 물었다.

"막상 닥치면 쉽지 않을 거야. 창백한 머리 박쥐가 알아채면 그것으로 끝장이거든. 놈이 우리를 먼저 공격할 가능성도 있어. 말했다시피 놈은 무시무시한 힘을 갖고 있으니까 조심해야 돼. 지금도 호시탐탐 창고에서 나올 기회만 엿보고 있어. 내일 아침에는 놈의 기세가 하늘을 찌를 거야. 사람으로 따지면 놈이 성년이 되는 날이거든. 그땐 빗장도 철통 자물쇠도 소용없어."

"난 거길 벗어나고, 너는 어떻게 할 건데?"

"난 놈의 최후를 볼 때까지 거기에 있을 거야."

"그러다가 무슨 일이 생기면?"

"난 어떻게 돼도 상관없어. 어차피 모든 일에는 희생이 따르게 마련이잖아. 희생 없이 얻을 수 있는 건 없어."

레아의 말은 사뭇 비장했다. 지구에서 영원히 추방될 수도 있다는 말과도 같은 뉘앙스였다.

"그건 안 돼. 네가 위험해지는 건 싫어."

"난 너를 위해서라면 뭐든 할 수 있어."

미주는 누군가에게 이런 말을 듣게 될 줄은 몰랐다. 심장이 쿵쿵거렸다.

"내가 모든 걸 준비해놓을게. 넌 7시 20분까지 창고 앞으로 와.

시간 꼭 지키고."

7시 30분이 되면 박쥐가 창고에서 나올 것이므로 그 시간을 놓치면 안 된다.

그 말을 끝으로 레아는 순식간에 사라졌다. 이번에도 레아가 떠나고 난 자리에 파란 줄무늬 나비 한 마리가 맴돌다 날아갔다. 착시 혹은 우연이라고 하기에는 뒷맛이 찜찜했다. 레아에 대한 완벽한 믿음 없이도 그 일을 해낼 수 있을까. 미주는 타인을 온전히 믿는다는 것이 얼마나 어려운 일인지 깨달았다.

미주는 밤새 뒤척였다. 머릿속은 온통 레아와 창백한 머리 박쥐뿐이었다. 레아 말대로 하면, 정말 놈을 없앨 수 있을까. 엄마에게까지 비밀로 하는 게 꺼림칙하지만 어쩔 수 없었다. 과연 이 선택에 책임을 질 수 있을까.

만약 실패하면 어떻게 되는 걸까. 레아는 그것까지는 가르쳐주지 않았다. 다만, 자신이 희생을 감수하겠다고 했다. 레아에게 무슨 일이 생겨서는 안 된다. 결국 레아를 믿는 수밖에. 미주야, 네 믿음만이 나를 존재하게 하거든. 그 믿음이 우리의 계획을 성공으로 이끌어줄 거야. 레아의 말이 귀에서 쟁그랑거렸다. 난 언제까지나 네 편이야, 힘내. 세기도 응원해주었다. 좋아, 세기야. 너의 정원을 되찾아줄게.

미주는 아침도 거른 채 집을 나섰다.

학교 앞에 다다랐을 때 연재가 교문 앞에 서 있었다.

"야, 딸꾹질! 나 좀 봐."

연재가 비아냥거리며 미주를 쏘아봤다. 역시 연재는 달라진 게 아니었다. 당당하게 맞서야 하는데, 자신이 없었다. 그냥 하던 대로 숙이고 들어갈까. 아니, 겁먹지 말자. 스스로 강해져야 뭐든 할 수 있다. 미주는 레아의 말을 떠올리며 교문을 통과했다. 연재가 앞을 가로막았다. 레아는 내가 약해지면 연재가 다시 공격해 올 거라고 했다. 마음의 힘을 길러야 박쥐도 없앨 수 있고. 다른 날도 아니고, 오늘은 레아와 함께 박쥐를 없애는 날이 아닌가.

미주는 가슴을 활짝 열고 연재의 눈을 뚫어져라 바라보면서 숨을 크게 들이켰다가 내쉬었다. 순간, 가슴이 부풀어 오르는 걸 느꼈다. 거짓말처럼 두려움도 사라졌다. 그래, 할 테면 해봐. 이제 나도 예전의 내가 아니야. 내 옆에는 레아가 있거든. 레아는 나를 위해서라면 뭐든 할 수 있다고 했어. 천군만마를 얻은 기분이 어떤 건지 알아? 게다가 난 연재 네가 왜 그렇게 변했는지 알고 있어. 중요한 건 내가 널 예전의 너로 돌려놓을 수 있다는 거야. 아니, 꼭 돌려놓고 말 거야. 그 방법을 찾았으니까, 그때까지만 나쁜 짓 하지 말고 기다려. 제발!

미주는 연재에게서 눈을 떼지 않았다. 혹시나 했는데 딸꾹질이 나오지 않았다. 연재는 웬일로 딸꾹질을 안 하냐는 듯 딸꾹질하는 시늉을 했다. 난 이제 그런 거 안 해. 네가 정 그렇게 나온다면 너한테 돌려줄게. 딸꾹질 말이야. 미주는 속으로 말했다.

"왜? 할 말 있어?"

미주가 또박또박 말했다.

"난 처음부터 미주 네가 재수 없었거든."

연재가 딸꾹질을 시작했다.

"그래? 그게 다야?"

연재는 눈이 동그래진 채 딸꾹질을 할 뿐 말을 잇지 못했다.

"말 다 했으면 이제 가봐."

미주는 입꼬리를 양옆으로 올리며 말했다.

"아니, 뭐…… 나도 처음부터 널 괴롭히려고 한 건 아니야."

연재는 딸꾹질을 하느라 겨우 말을 이었다. 연재의 말이 가슴 한구석을 건드렸다. 하지만 아직은 마음을 놓을 때가 아니었다.

"그런데?"

"그러니까 그게…… 누군가를 괴롭히지 않으면 안 돼서 말이야…… 나도 모르게 그렇게 된 건데……"

연재는 딸꾹질 때문에 우물우물했다. 연재야, 조금만 기다려. 예전의 너로 돌아가게 해줄게. 미주는 속으로 말했다. 창고로 갈 시간이었다.

"난 좀 바빠서 이만."

미주는 일부러 쌩하게 돌아서서 등을 꼿꼿이 편 채 걸었다. 등 뒤에서 연신 연재의 딸꾹질 소리가 들려왔다.

"웬 딸꾹질?"

희영의 목소리가 끼어들었다. 연재는 딸꾹질을 하며 아무 일도 아니라고 얼버무렸다. 희영은 딸꾹질한테 옮은 거냐,라면서 웃음 을 터뜨렸다.

미주는 걸음을 재촉했다. 딸꾹질 소리만 이어질 뿐 더 이상 아무 말도 들리지 않았다. 미주는 혹시나 연재와 희영이 따라오는 건 아닌지 살피느라 뒤를 돌아봤다. 연재는 종종걸음으로 희영의 뒤를 따르고 있었다. 둘은 그렇게 멀어져갔다. 연재의 딸꾹질 소리도 희미해졌다.

연재의 괴롭힘에서 해방되다니, 이게 꿈일까? 미주는 팔을 꼬집어보았다. 통증이 느껴졌다. 허벅지를 꼬집어봐도 마찬가지였다. 어떻게 이런 일이? 마음 깊은 곳에서 무언가가 일어나는 걸 느꼈다. 레아에 대한 믿음이었다. 이틀 전까지만 해도 얼굴조차 모르던 애였는데, 이런 믿음이 생기다니. 미주는 어깨를 편 채 걸음에 속도를 냈다.

창고 문 앞에 불 지를 도구들이 여럿 놓여 있었다. 정작 레아는 보이지 않았다. 모든 준비를 해놓고, 어디 간 거지? 갑자기 무슨 일이 생겼나? 만에 하나 레아가 오지 않으면? 그럴 리 없다고 생각하면서도 마음이 놓이지 않았다. 설마, 내가 해야 하는 건 아니겠지? 미주는 안절부절못하고 시계를 봤다.

7시 28분. 레아가 빨리 와주기를 바라며 주변을 살폈다. 아무 기적이 없었다. 내가 뭘 잘못 알고 있는 건가? 이러고 있다가 자칫 잘못해서 박쥐한테 공격당하기라도 하면? 연재 무리나 희영처럼 된다면? 아이들의 돈과 물건을 빼앗고 창고에 가두거나 화장실에 끌고 가서 변기 물을 먹이고 발로 짓밟고…… 원하지 않아도 그런 짓을 하게 된다면? 미주는 도리질 쳤다. 그러느니 차라리

자퇴를 하는 게 나았다.

레아는 왜 안 오는 거지? 레아야말로 박쥐한테 물려서 희영처럼 나를 유혹한 건가? 둘의 목적은 같고 방법만 달랐던 건가? 그것도 모르고 레아를 믿어버린 건가? 레아가 놓아둔 덫에 걸린 거라면? 의혹이 꼬리를 물고 일어났다. 아니, 레아는 나를 위해서라면 뭐든 할 수 있다고 했다. 믿음만이 자신을 존재하게 하고, 이 일을 해내게 한다고. 미주는 그 어느 때보다 레아를 믿고 싶은 열망이 솟구쳤다. 그럴수록 레아에 대한 불신도 더 거세졌다.

창고 안에서 박쥐의 움직임이 느껴졌다. 미주는 눈앞이 캄캄해지고 다리가 후들거렸다. 도망쳐버릴까? 어차피 이 일은 레아가 계획했고, 약속을 지키지 않은 것도 레아였다. 도망친다고 해도 레아는 할 말이 없을 거였다. 하지만 중요한 건 그게 아니었다. 박쥐가 창고에서 나오면? 아이들이 모두 감염되면? 제2, 제3의 연재와 희영의 모습을 떠올리며 미주는 고개를 저었다.

"미주야, 겁내지 마."

레아의 목소리가 들렸다.

"레아?"

미주는 주변을 둘러보았다.

"응, 미주야."

"너 어디야? 어디 있어?"

"나 여기 있어. 눈에 보이지는 않겠지만 네 가까이에."

"어떻게 된 거야?"

"사정이 생겼어."

"무슨 사정?"

"갑자기 배가 아파서 말이야."

"뭐?"

"긴장하면 그러거든. 과민성 대장증후군. 꼼짝도 할 수가 없어."

과민성 대장증후군이라면 미주도 자주 경험했다. 하필 이 상황에서 그런 일이 생기다니. 미주는 머릿속이 텅 비는 것을 느꼈다.

"어? 그럼 박쥐는 어떡해?"

"미안하지만, 미주 네가 해야겠다."

"뭐? 내가?"

"응."

"말이 다르잖아. 난 망만 보면 된다며?"

"어쩔 수가 없잖아. 나도 이렇게 될 줄은 몰랐어."

"난 못 해. 심장이 멎을 것 같아."

"넌 할 수 있어."

"아니, 난 그냥 갈 거야."

"그러면 안 돼. 미주야, 내가 말했잖아."

미주는 이제 말도 나오지 않았다.

"내가 말한 대로만 해."

박쥐가 요동을 치는지 푸드드득 푸드드득 소리가 요란했다. 미주는 문틈으로 창고 안을 들여다봤다. 박쥐가 날개를 활짝 편 채 연신 문에 머리를 박고 있었다. 곧 문을 부수고 나올 기세였다. 미주는 머리칼이 쭈뼛 서고 등허리가 서늘했다.

"미주야, 얼른 해! 더 늦으면 안 돼. 바로 지금이야."

레아가 다급하게 소리쳤다. 미주는 시계의 초침 소리가 들리는 것 같았다. 이가 딱딱 부딪히고 턱까지 떨렸다. 그럼에도 더 이상 물러설 수 없다는 걸 알 수 있었다. 길게 숨을 내쉬었다. 얼어붙 었던 온몸의 세포들이 꿈틀거리며 깨어나는 느낌이었다.

하나, 둘, 셋, 입을 앙다문 채 숫자를 세며 통을 들었다. 파란 줄무늬 나비가 미주 곁을 맴돌았다. 순간, 몸속에서 알 수 없는 기 운이 솟구쳤다. 모든 것이 자연스럽게 이어졌다. 이상한 것은 스 스로 무언가를 하고 있다기보다 몸속에서 무언가가 작동하는 느 낌이라는 것, 그것이 이끄는 대로 따르기만 하면 된다는 거였다.

드디어 퍽 퍽, 소리가 잇달았다. 이내 불꽃이 터지고 땅이 진동 했다. 순식간에 불기둥이 일어났다.

"불이야! 불이야!"

미주는 소리쳤다. 얼른 이곳을 벗어나야 한다는 생각뿐이었다. 몇 발짝 떼었는데 다리가 풀리는 걸 느꼈다. 온몸의 힘을 끌어모 았지만 이내 주저앉고 말았다. 일어서려고 하는 순간, 무언가가 뒤통수에 감겨왔다. 설마, 박쥐? 몸부림쳐도 목은 점점 조여들고 몸에서 힘이 빠져나갔다. 차차 의식이 몽롱해졌다. 이제 모든 게 끝났구나, 눈이 절로 감겼다. 바이러스에 감염돼 학폭의 주범이 되느니 차라리 이대로 깨어나지 말았으면…… 엄마와 아빠에게

194

작별 인사를 할 수 있다면……

미주가 눈을 떴을 때 레아가 앞에 앉아 있었다.

"미주야, 괜찮아?"

"레아, 가까이 오지 마! 난 감염됐어. 박쥐한테……"

미주의 말에 레아가 미소를 띠며 고개를 저었다.

"걱정하지 마, 미주야. 넌 말짱해."

미주는 믿을 수가 없었다.

"정말? 그게 정말이야?"

레아가 웃으며 고개를 끄덕였다.

"그럼 박쥐는, 박쥐는 어떻게 됐어?"

"즉사했어. 불은 창고를 다 태우고 난 뒤 진화됐고. 소방차가……"

미주는 믿기지 않았다. 레아가 미주를 향해 윙크했다.

"더 이상 학교 폭력은 없을 거야. 학교는 학생 중심의 미래 학교로 거듭날 거고."

"어떻게 그런 일이?"

"교장을 찾아가서 학교에 불이 날 거라고 예고했어. 처음에는 믿지 않더니, 막상 불이 나니까 태도가 달라졌어. 게다가 유튜버들이 앞다투어 이슈화해서 매스컴까지 난리도 아니었어…… 결국 교장은 내가 제시한 것들을 모두 받아들였어."

미주는 사흘을 잠들어 있었고, 그사이에 많은 게 달라져 있었다.

"와!"

"궁극의 학교는 아이들이 가고 싶은 곳이야."

레아는 교장이 발표한 입장문을 들려주었다.

그동안 학교장으로서 권위를 앞세워 학생들을 억압하고, 학교 폭력으로 인해 한 학생이 목숨을 잃었음에도…… 저는 사직함으로써 책임을…… 이제 우리 학교는 학교 폭력이 없는, 서로 아끼며 사랑하는 마음 꽃 씨앗을 품는 학교, 학생 스스로 선택하고 결정하는 학생 중심의 미래 학교로 거듭날 것입니다…… 복장 및 두발, 휴대전화 소지에 관한 학생의 자율권을 보장하고, 학생 인권침해 행위를 전면 금지하며 학생 자치 활동과 학교 운영 참여를 보장, 학생 인권침해에 대한 구제 절차 마련…… 현행 수업 시간을 단축하여 생활 중심의 학습을 할 수 있도록 하며……

"레아, 그런 일을 해내다니, 정말 대단해. 네가 자랑스러워."

"내가 아니고, 네가 해낸 거야."

"난 아무것도 하지 않았어. 모든 건 네가 계획한 거잖아."

"네가 나를 믿어줘서 가능했어. 결정적인 일도 네가 했고. 하필 난 그럴 때 과민성 대장증후군이……"

미주는 레아를 믿지 않았던 순간들이 있었다고 고백했다. 레아는 그건 당연한 거라고, 그래서 얻은 믿음이어서 더 의미가 있는 거라고 싱긋 웃어 보였다. 미주는 그렇게 말해주는 레아가 고마웠다. 그 말을 하려는데, 레아가 맥없이 옆으로 쓰러졌다. 얼굴이 하얗게 질려 있었다.

"레아, 왜 그래? 어디 아파?"

"아, 아냐."

레아의 얼굴에 핏기가 점점 사라지고 푸른빛마저 돌았다.

"얼굴이 안 좋아."

괜찮아, 라고 말하는 레아의 눈빛이 흔들렸다. 미주는 레아가 무언가 중요한 말을 하려고 한다는 걸 알 수 있었다. 레아는 숨을 고른 뒤 입을 열었다.

"미주야, 난 네 몸과 혼을 빌려서 이 세상에 왔어."

눈이 휘둥그레진 채 미주는 레아를 바라봤다.

"무슨 말인지 모르겠어."

"영화 「빅 히어로」 생각나? 베이맥스 말이야."

"응."

미주는 아빠에게 그 로봇을 만들어달라고 졸랐던 게 떠올랐다.

레아는 간신히 웃음을 지으며 말문을 열었다.

"그러니까 그게 어떻게 된 거냐면……"

몸이 약하고 마음도 여린 미주를 위해서 아빠는 오래전부터 레아 제작을 구상했다. 마무리 단계에 이르렀을 무렵 코로나19 바이러스가 창궐해 제작을 중단할 수밖에 없었다. 그런 와중에 세계 곳곳의 네트워크에 학폭 바이러스가 출몰한 것이 감지되었다. 그중 한 곳이 미주가 다니는 학교라는 걸 알게 된 아빠는 만사 제치고 레아 제작에 속도를 냈고, 드디어 완성했다. 하지만 레아가 완전체가 되어 세상에 나가려면 마지막 실험 단계를 거쳐야만 했다. 시간이 더 필요했다. 그런데 미주가 위험에 처한 거였다. 그걸 아는 레아는 더 기다릴 수가 없어 아빠에게 세상에 나가겠다고 했다. 아빠는 허락하지 않았지만, 레아는 미주를 위해 태어났으니 소임을 다하고 싶었다. 위험을 무릅쓰고 미주를 찾아왔다.

레아의 말이 사실이든 아니든, 설령 농담이라고 해도 미주는 믿고 싶었다. 레아의 눈을 바라보며 고개를 끄덕였다. 레아는 힘에 부치는지 눈을 감았다.

"레아! 널 믿어."

미주가 말했다. 레아는 가까스로 미소를 지었다. 이내 팔다리를 축 늘어뜨린 채 숨을 색색거렸다. 레아의 몸 여기저기에 화상 자국이 있었다. 눈에 보이지 않았을 뿐, 레아가 창백한 머리 박쥐에게 맞서 분투했다는 걸 알 수 있었다. 배가 아프다는 건 핑계였을 뿐, 미주가 그 일을 하게 하려고 그랬다는 것도. 미주는 눈시울이 뜨거워지는 걸 느꼈다.

레아의 팔다리가 떨리기 시작했다. 이내 레아는 몸을 뒤틀면서 신음을 토해냈다. 미주는 두 손으로 얼굴을 감싼 채 레아를 불렀다. 레아의 숨이 거칠었다.

"레아!"

미주는 레아의 팔다리를 주무르고, 레아를 끌어안았다. 둘의 숨이 맞닿아 있다는 걸 느낄 수 있었다. 얼마나 지났을까, 레아가 눈을 떴다. 미주는 레아를 불렀다. 하지만 레아의 눈이 다시 반쯤

감기더니, 푸른빛이 도는 흰자위가 검은자위를 삼켜버렸다.

이윽고 레아의 숨이 잦아들었다. 미주가 체육 시간에 배운 심폐 소생술을 해봤지만 역부족이었다. 미주는 숨을 죽인 채 레아의 모습을 지켜보았다. 그것밖에는 아무것도 할 수가 없었다.

"이제 나는 네 안에서 영원히 살게 될 거야. 눈에 보이지 않는다고 내가 없는 건 아니야."

"아니, 널 이렇게 보낼 순 없어. 난 널 계속 보고 싶단 말이야."

레아는 몇 번인가 파란 줄무늬 나비 타투에 손을 가져갔다. 손은 맥없이 아래로 떨어지기를 반복했다. 미주는 손을 잡아 나비 위에 올려주었다. 레아의 손이 나비에 가 닿는 순간, 미주의 머릿속에서 번갯불이 일어나듯 무언가가 스치고 지나갔다. 레아가 세상과 소통하는 연결 고리. 그걸 누르면 레아를 더 이상 볼 수 없다는 걸 알 수 있었다.

"안 돼."

미주는 레아의 손을 꼭 붙잡은 채 놓지 않았다.

"미주야, 난 네게 아름다운 기억으로 남고 싶어. 그러니까 제발!"

"넌 아름다웠고, 지금도 앞으로도 그럴 거야."

미주가 저지했음에도 레아는 기어이 나비를 눌렀다. 순간, 레아의 숨이 사그라지고 몸에서 섬광이 일었다. 미주는 자신이 어딘가로 빨려 들어가는 걸 느꼈다. 아니, 몸 안으로 무언가가 훅 들어오는 걸 느꼈다.

미주가 정신을 차렸을 때 레아는 보이지 않았다. 대체 무슨 일이 일어난 걸까. 레아는 처음부터 존재하지 않았던 걸까. 모든 게 망상에 불과했을까. 아니, 레아는 나를 위해 존재한다고 했다. 내 몸과 혼을 빌려서 세상에 왔다고. 아빠가 만들어준 나의 수호신! 빅 히어로! 미주는 가슴이 터질 것 같았다.

"미주야! 일어났어?"

엄마 목소리였다. 미주는 누운 채로 고개를 끄덕였다. 엄마는 물수건으로 이마를 닦아주었다. 미주는 가슴속에서 뭔가가 북받쳐 오르는 걸 느꼈다.

"엄마, 레아는요?"

"나비는 꽃밭으로 놀러 갔지."

"나비요?"

"그래, 나비."

"그럼 레아가 나비예요?"

"네가 어렸을 때 좋아했던 파란 줄무늬 나비잖아. 네가 이름도 지어줬는걸."

엄마는 웃으며 말했다.

순간, 미주는 추억 속의 한 광경이 떠올랐다. 레아, 하고 부르면 나비가 몸속으로 미끄러지듯 들어왔고, 그 순간 몸이 공중으로 날아올랐다.

"자, 이거 하나 먹자. 기력이 쇠했을 땐 이게 최고야."

엄마가 밀웜을 내밀었다. 미주는 레아가 밀웜을 먹던 모습을 떠올렸다.

"미주야, 더 자야 해. 푹 자고 일어나면 기분이 좋아질 거야."

엄마는 미주의 가슴을 토닥여주었다.

미주는 벌써부터 레아가 보고 싶었다. 눈에 보이지 않는다고 내가 없는 건 아니야…… 몸속 어디선가 레아의 목소리가 들려왔다.

좋은 꿈을 꾸고 난 것처럼 몸이 가벼웠다. 결석한 건 나흘인데 오랜 시간이 흐른 느낌이었다. 미주는 교정에 발을 디디며 어깨를 활짝 펴고 고개를 뒤로 젖혔다. 투명한 햇살이 이마에 와 닿았다. 앞서 걷던 아이들이 일제히 탄성을 질렀다. 무슨 일이지? 미주가 고개를 갸우뚱하는 사이, 미주 안의 레아가 걸음을 재촉했다.

현관 앞 유리문에 붙어 있는 벽보, 미주는 그것이 뭔지 알 수 있었다.

미주야, 파이팅!

몸속 깊은 곳에서 레아의 목소리가 울려 퍼졌다. 미주는 세기의 정원을 향해 걸음을 옮겼다. 올망졸망한 꽃들 사이로 파란 줄무늬 나비 한 마리가 날아올랐다.

작가의 말

처음에는 없었던, 가만가만 찾아온 문장들이 있었다.

괜찮아, 좀더 이렇게 있어도.
네가 나를 보고 싶어 하면, 네가 어디에 있든 너를 보러 갈 거야.
네가 나와 같은 곳을 보고 있으면 좋겠다고 생각했어.
내 안에 들어온 별들로 인해 나는 오래도록 내가 되어갈 것이다.
신은 왜?
눈에 보이지 않는다고 내가 없는 건 아니야.

만남은 우연하고 사소하게 일어난 것 같지만 지극한 마음이 이
룬 일이었다.
문장들과 숨을 나누는 동안, 이야기는 순이 돋고 몸피를 부풀
리며 물들어갔다.

그리고 나는 조금씩 투명해지기를 바랐다. 그리하여 순한 마음들을 만날 수 있기를.

더불어 한때를 보낸 문장들이 이야기가 되어 세상과 마주할 시간이 찾아왔다.

어떤 문장은 한없이 낮고 쓸쓸한 이들을 견디게 해줄 거라고 믿어본다.

그리고 어떤 이야기들은 밤을 건너는 이들에게 한 줌 빛이 되어주기를 바라본다. 어딘가에서 길을 잃은 이들에게 이정표가 되어주기를. 어디로도 갈 곳이 없다고 느끼거나 혹은 돌아갈 곳이 없는 이들에게는 따뜻한 품이 되어주기를.

넘어져 있는 내게 그가 그랬듯 다정하게 말 걸어주고 꼭 안아주기를 기대해본다.

그리하여 내가 살 수 있었듯 당신들도 그러하기를!

맨발로 선 이야기들에 튼튼하고 푹신한 신을 내어준 문학과지성사에 감사드린다. 덕분에 뚜벅뚜벅 좀더 오래 걸을 수 있을 것이다. 사려 깊은 눈으로 이야기에 숨을 일으켜준 원종국 작가님과 맑고 그윽한 마음 길로 이야기의 숨결을 다독여준 박지현 편집장님께는 또 고마움을 입었다.

예리한 언어로 이야기에 빛과 색을 입혀준 이찬 시인, 따스하게 차오르는 별의 언어를 선사해준 한길자 선생님께 깊이 감사드린다.

멀리서 가까이서 바라봐주고 기다려준 이들이 아니었다면 여기에 당도하지 못했을 것이다.

잠들지 못한 밤들을 지켜준 연희문학창작촌의 나무와 새들에게 안부를 전한다.

2022년 가을이 깊어가는 소리를 들으며

김혜정